시간을 파는
상점 3

시간을 파는 상점 3
시계 밖의 정원

김선영
장편소설

㈜ 자음과모음

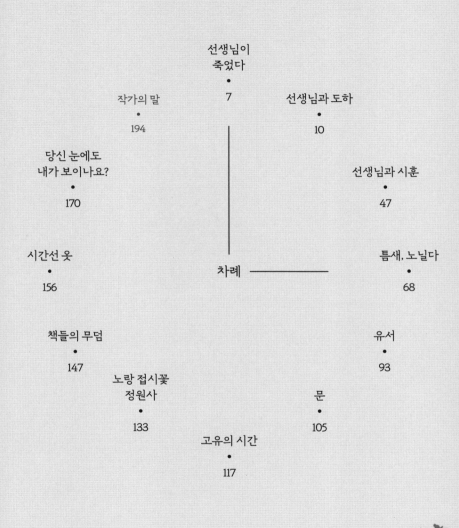

선생님이 죽었다

선생님이 죽었다. 그것도 스스로 목숨을 끊었다고 했다. 도하가 아는 선생님은 절대로 그럴 분이 아니다.

선생님의 유족들은 부검을 요청했고, 사인은 투신 또는 실족으로 인한 심정지였다. 유족들의 반대로 장례는 치러지지 않았다. 선생님의 아내, 사모님은 자살과 타살 사이의 애매모호한 사인을 인정하지 않았다.

"그 양반은 절대 스스로 그럴 사람이 아니다. 그렇게 모진 사람이 아니라고! 살인자는 따로 있다!"

사모님은 학교 운동장 한가운데서 악을 쓰며 소리치다가 쓰러졌다. 학생들은 초여름 더위에도 창문이란 창문은 다 닫은 채 수업을 들어야 했다. 조용한 수업 시간, 사모님의 목소리는 멀리서 울리는 절규처럼, 절박하면서도 날카로운 장송곡으로 들렸다. 도하는 빳빳한 종이에 혀를 쏙 베인 것 같은 통증을 느꼈다. 사모님의 목소리가 들릴 때마다 심장이 오그라드는 것 같았고 입 안에서는 비릿한 쇳내가 났다.

아이들은 한여름 뙤약볕 아래서 교장 선생님의 훈화를 듣고 있어야 하는 것처럼 눈을 질끈 감고 사모님의 목소리를 견뎌야 했다. 그것이 아이들이 선생님께 해 드릴 수 있는 유일한 일이었다. 아이들은 선생님을 위해 국화 꽃 한 송이 올릴 수 없었다. 향불 하나 피워 올릴 수 없었다. 그렇게 하는 건 사건이 끝났다는 것이고, 선생님의 죽음을 인정하고 받아들인다는 뜻이기 때문이다.

박한상 선생님을 따랐던 주령 샘은 이것이 우리가 견뎌야 하는, 우리가 우리에게 내리는 형벌이라고 했다. 지난봄, 3학년 선배 시훈의 죽음과 마찬가지로.

사모님은 결국 구급차에 실려 갔다. 도하가 주령 샘과 함께 병원에 찾아갔을 때 사모님은 깨진 유리 조각처럼 날카로운 눈빛으로 이렇게 말했다.

"나는 절대로 관 뚜껑을 닫지 않을 것이다."

사모님의 머리맡에는 여러 개의 링거 줄이 뒤엉켜 있다.

"몸 상태가 많이 안 좋다고 하세요."

주령이 조심스럽게 말을 건넸지만 사모님은 눈 하나 깜짝하지 않고 외면하듯 고개를 돌렸다. 그런 뒤 나가 달라고 말없이 손사래를 쳤다. 주령과 도하는 더 이상 아무 말도 하지 못하고 병실을 나섰다.

　주령은 말이 고갈된 사람처럼 학교로 돌아가는 내내 입을 다물었다. 도하도 머리가 지끈거려 미간을 찌푸린 채 앞만 바라보았다. 끝 모를 바닥으로 떨어지는 것처럼 우울은 점점 깊어졌다.

　다음 날, 사모님은 다시 학교로 왔다. 피켓을 목에 걸고 교문 앞에서 시위를 했다.

내 남편을 살려 내라.
억울하다.
죽음으로 내몬 책임자를 낱낱이 밝혀라!

　선생님은 병원 냉동고에 싸늘한 주검으로 안치되어 있다.

선생님과 도하

이렇게 까만 밤이 있을 수 있을까. 도하는 숨을 쉬면 짙은 어둠이 폐로 들어와 자신을 잠식할 것 같은 공포를 느꼈다. 이렇게 빛한 점 들지 않는 완벽한 어둠은 본 적이 없다.

뒤통수에 묵직한 통증이 일었다. 만져 보니 잔뜩 부어올랐고 손끝이 닿는 곳마다 눈앞이 어쩔할 정도로 찌릿하게 아팠다. 피딱지도 꾸덕하게 만져졌다. 무슨 일이 있었는지 도통 기억나지 않았다. 아이들이 몰리면서 혼잡했던 교문이 떠올랐다. 머리가 쪼개지는 것 같은 통증이 일고, 그 후 까만 동굴 속으로 빨려 들어가는 느낌이 들었다.

눈을 아무리 부릅떠도 어둠은 물러서지 않았다. 한 발짝도 내디딜 수 없을 정도로 두려움이 엄습했다. 눈이 잘못된 것은 아닌가 싶을 정도로 어둠의 밀도가 깊었다. 차라리 눈을 감아보자는 생각이 들었다. 차단된 시각은 다른 감각을 일깨웠다. 청각과 후각이 더욱 예민해졌다. 살기 위해 제2, 제3의 감각이 작동하는 모양이다. 바람 부는 소리가 들리고 이내 푸른 잎사귀 냄새가 났다. 서늘하면서도 비릿한 풋내였다. 땅에서는 나뭇잎 썩은 내가 미미하게 올라왔다. 도하는 더듬이를 잃고 뱅뱅 도는 하늘소처럼 제자리에서 맴돌았다. 바람은 어디서 불어오고 이 냄새는 어디서 오는 것일까. 스스스슥, 다시 나뭇잎이 일제히 나부끼는 소리가 들렸다.

어느 정도 시간이 지나자 시야가 희부옇게 밝아 왔다. 적응이 되면 어둠도 하얗게 보인다더니 그 말이 맞는 모양이다. 짙은 명암의 실루엣이 하늘을 찌를 듯이 서 있는 게 보였다. 헛것이 아닌가 하고 눈을 비볐다. 아름드리나무였다. 그 아래, 간살이 촘촘한 문이 흐릿하게 보였다. 그런데 아름드리나무도 문도 눈에 익었다. 문 앞에는 굽은 등의 사내가 문살을 부여잡고 고개를 떨군 채 서 있다. 마치 들여보내 달라고 애원하다가 지친 모양새였다.

도하는 사람을 만난 것이 반가워서 눈앞에 반짝 하고 빛이 들어올 정도로 현기증이 일었다. 입 안에는 침이 마구 고였다. 도하가 사내를 불렀다.

"저, 저기요."

사내는 아무 소리도 들리지 않는 듯 미동이 없다. 어둠이 소리를 빨아들인 것처럼, 도하의 목소리는 가다가 사라진 것 같았다.

도하는 사내에게 한 걸음 더 다가갔다. 등을 돌렸을 때 사내의 모습이 어떨지 두렵지 않은 건 아니지만, 이 어둠 속에서 혼자가 아니라는 것만으로 위험을 감수해도 괜찮겠다는 생각이 들었다. 발걸음을 옮길 때마다 잔 나뭇가지 부러지는 소리가 들렸다. 숲 쪽에 가까워질수록 낙엽 썩은 내가 진동했다. 그쪽으로 고개만 돌려도 곰팡내 섞인 공기가 진득하게 들러붙는 것 같았다. 사내는 여전히 꿈쩍하지 않았다.

"큼, 큼, 저, 저기요?"

도하는 톤을 올려 소리치듯 다시 사내를 불렀다.

사내가 흠칫 놀라며 등을 돌렸다.

"어후, 깜짝이야."

사내는 이제야 도하를 발견한 듯 뒤로 주춤 물러서며 몸을 떨었다. 그런 뒤 가슴을 쓸어내리며 눈을 동그랗게 떴다.

"어, 선생님?"

박한상 선생님이다. 양쪽 귀 뒤로 덥수룩하게 부푼 곱슬머리와 앞쪽부터 정수리까지 텅 빈, 반들반들한 헤어스타일은 흔히 볼 수 있는 게 아니다. 선생님이 대머리독수리라는 별명을 면한 것은 더 강력한 특이점이 있기 때문이다. 바로 툭 튀어나온 눈알이다. 선생님은 어떻게 보면 무척 선해 보이고 어떻게 보면 사찰 입구를 지키는 사천왕상 같은 부리부리한 눈망울을 가지고 있다. 그 앞에서는 어떤 거짓말도 통하지 않을 것 같은 엄격한 눈으로 매일 아침 교문을 지키고 서 있어서 한때는 사천왕이라고도 불렸다. 최근에 붙은 별명은 따로 있다. 별명이 많다는 건 아이들에게 관심을 받는다는 뜻이자 그만큼 존재감이 있다는 의미다. 그야말로 생까며 무시하고 싶은, 존재감 제로인 선생님은 별명도 뭣도 없다.

그런데, 선생님이 어떻게 여기에? 꿈인가? 아니, 꿈은 아니다. 이렇게 사물이 실감나게 느껴지는데 꿈이라니. 도하는 제 뺨을 세차게 때려 보았다. 얼얼했다. 아름드리나무 아래여서 다른 곳보다 더 어두웠지만, 저곳에 있는 건 분명히 박한상 선생님이다. 도하는 반가운 나머지 선생님에게 다가갔다.

도하는 박한상 선생님을 동아리 담당 샘으로 만났다. 얘기를 나눌 때마다 할아버지가 생각날 정도로 말이 통했던 분이다. 할아버지 같은 의지처가 생긴 것 같아 좋았는데.

박한상은 도하가 다가온 만큼 달아나듯 뒷걸음질 쳤다. 달아나는 박한상의 두 눈은 쏟아져 나올 듯 커졌다. 행색 또한 말이 아니었다. 박한상한테서 구리텁텁한 냄새가 진동했다.

어? 선생님은 죽었는데. 죽은 사람이 어떻게 보이는 거지? 그런 생각이 들자, 도하는 자신도 모르게 뒤로 물러섰다.

"응? 너, 너, 설마 도하니? 어떻게 된 거야?"

박한상은 두 다리를 꺾으며 휘우뚱했다.

"뭐야? 이 자식, 너 어떻게 된 거야? 네가 왜 여기 있어? 인마,

너 무슨 짓을 한 거야?"

박한상은 도하의 멱살을 잡으려는 듯 두 손을 치켜올리며 달려들었다. 몹시 흥분하며 화를 내듯 소리쳤다.

"왜, 왜 이러세요?"

도하는 박한상이 달려든 만큼 뒤로 물러섰다.

"아후, 네가 왜 여기 있냐고? 자식아, 응?"

박한상은 울음 묻은 소리로 재차 물은 뒤, 주저앉아 가슴을 움켜잡았다.

"그건 제가 묻고 싶은 말이에요. 선생님이 왜 여기 계세요?"

"너, 여기가 어딘 줄 몰라? 여기가 어딘 줄 알고 온 거야?"

"여기요?"

도하는 그제야 고개를 들어 주위를 살폈다. 하늘은 좀 전보다 더 밝아졌다. 눈에 익은 오래되고 장중한 철문이 보였다. 철문 안에 차 한 대 들어갈 정도의 언덕으로 난 길이 보이고 길 양옆에는 하늘을 찌를 듯이 올라간 나무들이 사열하듯 즐비했다. 이 또한 낯익은 길이다. 도하의 생각이 맞는다면 이 언덕 끝에는 너른 잔디 광장과 고색창연한 할아버지의 작업실 그리고 갤러리가 있을 것이다.

할아버지와 할아버지 작업실을 떠올리자 도하는 머릿속이 밝아지는 느낌이 들었다. 그리고 대문 주변에서 뭔가를 찾은 후 자신의 생각을 확신했다.

"선생님, 여기는요, 우리 할아버지 집이에요. 저기 보세요."

도하는 철문 옆 기둥에 붙어 있는 나무 현판을 가리켰다.

틈새, 노닐다

박한상은 나무 현판에 음각되어 있는 글자를 손가락 끝으로 한 자 한 자 짚어 보듯 되뇌었다.

"여기가 네 할아버지 집이라고?"

"네. 정확히 얘기하면 할아버지 작업실이에요."

"그럼 넌 어떻게 된 건데? 내가 죽은 사람이라는 걸 너는 알고 있잖아."

박한상의 눈은 아까보다 더 커져 있다.

"그건 저도 모르겠어요. 혹시 선생님은 제가 죽었다고 생각하세요?"

"그럼 아니란 말이야? 그게 아니면 내가 너와 어떻게 만나, 자식아."

"전 죽지 않았어요. 에이, 제가 왜요? 그럴 리가 없죠."

"그래, 어디 보자."

박한상은 도하의 얼굴을 매만지려다가 말고 어깨와 팔을 만지려고 했다.

그런데 도하는 박한상의 손길을 느낄 수 없었다.

"이상하다, 왜 이러지?"

박한상은 당황한 듯 허둥대며 자기 손을 바라보았다.

"뭐 하세요?"

도하는 박한상으로부터 몇 발자국 떨어진 채 다시 물었다.

"근데 여기서 뭐 하고 계셨던 거예요?"

"저기로 들어가야 하는데 들어갈 수가 없어. 저 무지막지하게 생긴 사람들이 들여보내 주질 않아. 난 들어갈 자격이 안 된다는 거야."

"저기를 왜요? 누가 들어오지 말래요? 선생님은 저기에 왜 들어가려고 하시는데요?"

"궁금한 게 있으면 정신없이 묻는 건 여전하구나. 몰라, 나도. 그렇지만 저기로 들어가야만 다음으로 갈 수 있는 길이 열릴 것 같아. 그리고 내가 무슨 연유로 여기까지 왔는지는 모르겠다."

거무추레한 선생님의 모습이 눈에 들어왔다. 옷은 뜯겨 나가 해져 있고 얼굴엔 긁힌 자국이 여기저기 붉었다. 선생님은 학교에서 아침밥 먹기와 청결을 모토로 생활 지도를 하셨던 분인데 말이다.

선생님은 부끄러운 듯 해진 옷을 가리며 말했다.

"여기까지 오느라 얼마나 헤맸는지 모른다. 옷도 칠흑같이 어두운 숲을 헤매다 이렇게 된 거야. 뒤에서는 끝없이 비명이 들려서 쫓기듯 앞으로 갈 수밖에 없었어. 방향도 모른 채 죽창 같은 나뭇가지에 찔리고 엎어지고, 당황할 새도 놀랄 새도 없이 무조건 앞으로만 걸었다. 뒤돌아보기만 해도 그쪽으로 끌려갈 것처럼 무서웠다. 그런 두려움 때문에 앞의 어둠을 뚫어져라 바라보면 점과 같은 흰빛이 보이는 것 같기도 해서, 그 흰빛을 따라 여기까지 오게 된 거야. 어느 순간 어두운 숲속을 빠져나왔는데 이렇게 너른 공터가 있고 저 문이 보이는 거야. 그 흰빛은 문안에 있고. 잘 찾아온 것 같긴 한데, 들어갈 자격이 안 된다는 거야."

박한상은 두려운 눈빛으로 문 안쪽을 가리켰다.

도하는 선생님이 무슨 말을 하는지 통 알 수 없어서 문 안쪽과 선생님을 번갈아 쳐다보았다. 박한상은 마치 철문 안에 험악한 사람이 지키고 있는 양 원망과 두려움이 섞인 눈빛으로 도하의 등 뒤를 연신 넘겨다보았다. 하지만 도하 눈에는 아무것도 보이지 않았다. 괴괴할 정도의 고요함뿐이다. 새벽의 푸른빛과 차가운 공기가 가득 들어차 나무들이 아침 숨을 거칠게 몰아쉬는 거처럼 보일 뿐, 너무나 조용했다.

언덕으로 통하는 길 양옆에는 크고 작은 나무들이 밀집되어 있어서 밖에서 보면 이곳은 거대한 숲처럼 보인다. 나무와 나무 사이에 이렇게 너른 길이 있고, 길을 따라 언덕 끝에서 휘돌아 들어가면 그 안에 잔디 광장과 건물이 있을 거라고는 누구도 상상하지 못할 것이다. 어릴 때는 마치 미로의 출구를 찾아가는 기분이 들어서 이곳을 요새 같다고 생각했다. 그 어떤 곳보다 안전하고 아늑하여 평온함을 느끼던 곳이다.

도하는 철문에 동여매져 있는 쇠사슬과 대형 번호 자물쇠를 바라보았다. 둘 다 녹이 슨 채 잠겨 있다. 도하는 할아버지가 돌아가신 후 이곳을 찾지 않았다. 아, 엄마는 가끔씩 둘러보러 왔을지도 모르겠다.

"그럼 넌 왜 여기로 온 걸까?"

"선생님보다는 제가 더 타당성 있어 보이지 않나요?"

도하는 선생님처럼 빛이 보이진 않았다. 까맣게 입을 벌린 동굴로 빨려 들어갔고, 현기증 때문에 눈을 질끈 감았다 떴을 때는 완벽한 어둠 한가운데에 떨어진 듯 방향을 잃었다. 뒤이어 익숙한 바람, 익숙한 냄새 그리고 희붐하게 밝아 오는 새벽빛이 보였다. 도하가 기억하는 건 그게 다였다.

"아, 할아버지 집이라고 했지. 그래, 그럴 수도 있겠구나."

"저랑 같이 들어가 보실래요?"

도하가 굳건히 잠긴 자물쇠를 가리키며 물었다.

"으응, 그래, 그래, 나도 가 보고 싶다. 도대체 무엇이 나를 여기로 이끌었는지."

도하는 능숙하게 번호를 돌렸다. 비밀번호는 도하 생일이다. 할아버지가 아무에게도 알려 주지 말라고 했는데 엄마한테까지는 그럴 수 없었다. 딸깍, 자물쇠 열리는 소리가 경쾌하게 났다. 도하는 감긴 쇠사슬을 풀었다.

"히야, 진짜구나, 할아버지 집이라는 게."

박한상은 쇠사슬을 능숙하게 푸는 도하의 손과 얼굴을 번갈아 보며 말했다.

"쌤, 제가 설마 거짓말을 하겠어요?"

녹슨 철문이 비명 소리를 내며 열렸다. 도하는 서투른 데 없이 쇠사슬과 자물쇠를 한쪽에 걸어 놓은 뒤 문안으로 가볍게 들어갔다. 그리고 어서 들어오라는 뜻으로 박한상에게 손을 내밀었다.

"들어오세요. 뭐 하세요?"

박한상은 철문 안쪽으로 발을 들여놓지 못했다. 그저 당황한 얼굴로 도하와 자신의 발을 번갈아 보았다. 박한상의 눈은 더욱 커지고 머리칼은 아까보다 더욱 부풀어 올라 괴이할 정도였다.

"어어, 이상해. 왜 이러지?"

"뭐가요?"

"발이 안 떨어져. 바닥에 본드 칠이라도 해 놓은 것처럼 쩍 달라붙었어."

"설마요."

도하는 박한상의 팔을 잡아당기려고 했지만, 잡히지 않았다. 마치 형체가 없는 것처럼 손이 박한상의 몸을 그냥 통과해 버렸다. 졸지에 허공에 대고 양손을 허우적거리는 모양새가 되었다.

"어떻게 된 거죠? 선생님을 잡을 수가 없어요."

"그건 나도 마찬가지였다. 아까 널 만질 수가 없었어."

"정말 발이 안 떨어져요? 아깐 움직였잖아요?"

"문밖에서는 그랬지. 저들이 나를 문안으로 들이지 않는 거야. 넌 어떻게 들어갈 수 있는 거지?"

"에이, 전 이 집, 아니, 이 땅의 주인이거든요."

"뭐? 주인이라고? 아까는 할아버지 집이라고 했잖니?"

"네. 정확히는 할아버지가 저한테 물려주신 거죠."

"히야, 너 이제 보니 금수저나 은수저, 뭐 그런 거니?"

"아뇨, 전혀요."

할아버지는 몇 년 전에 돌아가셨다. 금석학 서체 연구가이자 교수였던 할아버지는 학부 통폐합으로 학과가 사라지자 인간을 인간답게 하는 예술과 학문이 사라진다며 개탄한 끝에 강단을 떠났다. 그리고 학교가 아니어도 예술의 명맥을 유지해야 한다며 실현할 곳을 찾아다녔다.

할아버지는 이곳이 가장 '자신다워지는 곳'이라고 했다. 당신을 '살고 싶은 대로 살게 하는 것'이 할아버지가 최종적으로 가 닿고 싶은 곳이었다. 그간 교류해 온 예술가들이 마음껏 예술혼을 펼칠 수 있도록 작업실을 만드는 것, 나눌 수 있는 마음의 터전을 눈에 보이게 실현하는 게 할아버지의 마지막 꿈이었다. 금덩이를 모으거나 통장 잔고를 늘리는 것과는 다른 삶을 살다 간 분이다. 이곳이 거의 완성될 즈음, 할아버지는 췌장암 판정을 받았고 불과 몇 개월 되지 않아 돌아가셨다.

할아버지는 작업실 건물과 주변 거닐다산을 포함한 너른 땅을 도하에게 남겨 주었다. 할아버지는 딸인 도하의 엄마와 아들인 도하의 삼촌을 믿지 않았다. 삼촌은 할아버지가 죽어 가는 앞에서도 왜 땅을 도하에게 주냐고, 아버지에게 나는 뭐였냐고, 나를 사랑하긴 했냐고 매일같이 따져 물었다. 열여덟 살 도하의 눈에 삼촌은 두 발을 구르며 떼쓰는 다섯 살 아이 같았다. 왜 나한테는 사랑을 주지 않느냐고 계속 투정을 부렸다. 그럴 때마다 할아버지는 노랗게 뜬 핏기 없는 얼굴로 눈을 지그시 감은 채 말했다.

"너는 나한테 받을 사랑은 이미 다 받았다. 나 또한 널 키우며 너한테 받을 사랑을 충분히 받았다."

할아버지는 모든 계산이 끝난 것처럼 홀가분한 얼굴로 삼촌의 끈질긴 물음을 견뎠다.

"그놈의 예술 타령하면서 돈 되는 건 그리 피해 가고 돈 안 되는 거에만 매달리더니 알량하게 남은 재산도 손자한테 넘겨 버린, 젠장할 늙은이."

삼촌은 할아버지 묘소 앞에서 참담한 표정으로 뇌까렸다.

도하는 할아버지 묘비명에 쓰여 있는 문구를 읽으며 처음으로 삼촌이 부끄러웠다. 그냥 부끄러웠다. 삼촌의 일차원적인 욕구보다 몇 차원 위에 있는 것 같은 문구가 머릿속에서 떠나지 않았다. 할아버지 유언장에는 상속세까지 지불한 틈새, 노닐다에 대한 명의와 당신 스스로 쓴 묘비명이 적혀 있었다. 그 묘비명의 서체 또한 당신의 서체로 음각하라는 말을 남겼다.

시계 밖의 시간이 춤추는 공간을 꿈꾸다

도하에게는 암호 같은 말이었다. 아무리 읽어도 무슨 뜻인지 알 수 없었다. 엄마도 아빠도 삼촌도 묘비명의 뜻이 무엇인지 알려고 하지 않았다. 도하가 물어보자 모른다고 짤막하게 답한 게 전부였다. 세 사람은 그저 할아버지가 남긴 유언을 행동에 옮기는 것이 최선인 것처럼 따를 뿐이었다.

그 후, 삼촌은 도하에게 줄곧 땅을 팔자고 했다.

"할아버지가 네 명의로 해 주었지만 나도 자식이니까 소송하면 내 지분도 있다, 너. 핏줄 간에 재산으로 소송 어쩌구 하는 것도 남부끄러운 일이다. 누나와 내가 직계니 반반씩 갖는 게 공평한 거다. 네 거야 어차피 누나 거니까 누나는 걱정할 필요 없지만."

"왜 엄마 거예요, 제 거지요?"

도하는 삼촌의 눈을 똑바로 보며 반문했다. 과일을 깎던 엄마의 손이 멈칫했다.

"어쭈, 이마빡에 피도 안 마른 놈이 벌써부터 물욕에 눈이 어두워서, 어? 그러면 못써, 너."

삼촌 입에서 이마빡, 피 뭐 이런 말이 나오면 더 이상 말을 섞을 필요가 없다. 도하는 대꾸 없이 입을 다물었다.

"……."

삼촌은 몸 달아 죽겠다는 표정으로 물을 벌컥벌컥 마시며 초조

해했다.

"삼촌."

"응, 왜, 왜. 말만 해. 내가 다 들어줄게."

삼촌은 듣는 사람의 귀와 자신의 입술에 꿀이라도 발랐나 싶을 정도로 갑자기 상냥함이 넘쳐흘렀다.

"할아버지가 살아 계셨다면 절대 저 땅을 팔지 않았을 거예요. 그리고 할아버지가 엄마도 아니고 삼촌도 아닌 저한테 준 이유가 무엇일까요?"

엄마는 다시 과일을 깎았다.

삼촌은 두 눈을 꾹 감고 분을 삭이지 못하는 듯 주먹을 바르르 떨었다. 그러고는 할아버지의 상속을 도무지 받아들이지 못하겠다는 얼굴로 말했다.

"내가, 내가 알고 싶은 게 그거다."

삼촌이 자기 가슴팍을 치며 말했다. 그런 다음 침을 꿀꺽 삼킨 후 말을 이었다.

"어쨌든 할아버지는 이미 돌아가셨지 않니? 그럼 얘기가 달라져야 하는 거 아니니?"

"아뇨, 전 그렇게 생각 안 해요. 유지라는 게 있잖아요. 돌아가신 분이 남긴 뜻 같은 거요."

"애새끼, 어디서 주워들은 건 있어 가지고."

엄마가 과일 접시를 내려놓으며 말했다.

"쯔쯧, 삼촌이라는 사람이. 네 애니? 애새끼가 뭐니? 말조심 해. 그리고 도하, 주위들은 거 어설피 얘기하는 애 아니야. 우리 아들 똑똑한 거 모르니?"

"누나, 누나까지 왜 그래? 쫌. 나 도와주기로 했잖아."

도하는 엄마에게 그런 말을 했냐는 눈빛을 보냈다.

"내가 언제? 도하랑 잘 얘기해 보라고 했지."

"좀 솔직하자, 응? 누나도 돈 필요하잖아. 매형 사업, 저거 어쩔 거야? 빚만 늘고 있는 거 안 보여? 누나도 이럴 때 내조라는 걸 좀 해 봐."

엄마도 아빠도 삼촌처럼 땅을 팔고 싶어 한다는 걸 안다. 아빠의 일이 예전 같지 않다는 건 할아버지가 돌아가시기 전부터 알고 있었다. 어쩌면 할아버지는 삼촌의 탐욕과 아빠의 상황을 알고 있었기 때문에 도하에게 땅을 남긴 건지도 모르겠다.

아빠의 처진 어깨와 그런 아빠를 바라보는 엄마의 안타까운 눈빛만 봐도 도하는 두 분이 뭘 원하는지 알 수 있었다. 그런데 부모님은 도하에게 섣불리 말을 꺼내지 않았다. 삼촌 말에 의하면 엄마 아빠는 삼촌처럼 애태울 필요가 없단다. 도하 거는 곧 엄마 아빠 것이기 때문이란다. 도하는 그렇게 생각하지 않았다. 할아버지의 뜻을 알기 전에는 그 땅은 누구의 것도 아닌 할아버지 것이다.

그런데 세 사람의 얼굴을 보는 것이 점점 고문처럼 느껴졌다. 그런 날이 잦아질수록 바윗덩이에 심장이 눌리는 것 같았다. 어느 날은 마음이 약해져서 생각이 단순해질 때도 있었다. 또 어떤 날은 약해진 마음을 다잡으며 굳게 맘먹기도 했다. 그러다가도 시간이 지날수록 어른들과 땅 얘기를 나누는 게 점점 버거웠다. 어떤 때는 아무 생각도 하고 싶지 않아서 어른들 말대로 하면 편안해질 것 같았다. 삼촌 말대로 할아버지는 돌아가셨고, 땅과 건물은 그야말로 언젠가는 사라질지도 모르는 물건일 뿐이라는 생각이 들기도 했다.

그럼에도 한 가지 질문이 도하의 마음속 깊숙이 자리 잡은 채 떠나지 않았다.

'할아버지가 나한테 원하는 건 무엇일까.'

할아버지가 틈새, 노닐다 대문의 비밀번호를 알려 주던 날이 떠올랐다. 그날 도하는 자신이 쓴 글이 실린 학교 문집을 들고 할아버지를 찾아갔다. 할아버지는 항암 치료를 거부했다. 자연스럽게 찾아온 죽음의 신호를 거스르고 싶지 않다고 했다. 정리할 게 있어서 당분간 틈새, 노닐다에 머물겠다고 했다. 단호한 할아버지의 태도에 엄마와 삼촌은 말 한마디 붙이지 못하고 따를 수밖에 없었다.

문집의 발행인이자 편집자로 실린 도하의 이름을 발견하자 할아버지는 대견한 눈길로 도하를 바라보며 문집을 펼쳐 들었다.

"재능은 대를 건너 이어진다더니, 그 말이 맞는 모양이다."

글을 읽고 할아버지는 혼잣말처럼 뇌까리며 도하를 바라보았다. 무슨 뜻인지 몰라 할아버지의 얼굴을 바라보자, 할아버지가 가까이 오라고 힘없이 손짓했다. 그리고 옅은 미소를 지으며 도하의 머리를 쓰다듬었다. 죽음을 앞둔 할아버지의 손길이 무척이나 무겁게 느껴졌다. 생명의 기운이 빠져나간다는 건 한없이 무거워지는 것인가, 싶기도 했다.

그림책부터 시작해 도하의 눈높이에 맞춰 책을 사 준 사람은 언제나 할아버지였다. 도서부와 독서 동아리에서 꾸준히 활동하는 것을 누구보다 기뻐해 준 이도 할아버지였다.

"나의 어제와 내일이 너를 통할 수 있어서 기쁘다. 이제 가볍다."

그게 할아버지에게 들은 마지막 말이다. 틈새, 노닐다 주변의 나무들이 노랗게, 붉게 물들어 스산하게 나부낄 때 할아버지는 돌아가셨다. 등 뒤를 받쳐 주던 큰 산이 없어진 것 같은 서늘함과 허전함이 도하에게 찾아왔다.

할아버지의 마지막 말이 무슨 뜻인지 알고 싶어서 그때 보여 드렸던 문집을 다시 펼쳐 본 적이 있다. 도하의 글은 '어째서 예술은 영원하다고 하는 것일까'로 시작했다. 허세 작렬이었다. 어렵고 모호한 표현을 써서 있어 보이게 하려는 글이라는 게 여실했다. 그렇지만 나름 삶 속의 예술, 예술 속의 삶에 대한 얘기를 풀어 가려고 애쓴 흔적이 있다. 할아버지는 그것을 가상히 여긴 것인지도 모르겠다. 이 글을 보니 도하는 자기가 누구보다 할아버지 영향을 많이 받았다는 생각이 들었다. 어쩌면 틈새, 노닐다는 할아버지와 도하를 연결해 주는 끈 같은 곳일지도 모른다.

　어째서 선생님은 이곳에 들어올 수 없을까. 문살을 부여잡고 고개를 하염없이 떨구고 있던 선생님의 모습이 생각났다. 무엇이 선생님을 막는 것일까. 이곳은 선생님에게 어떤 의미일까. 또 도하 자신은 왜 여기에 온 것일까.

　"선생님, 일단 제가 저 안에 들어가서 살펴보고 올게요. 여기 계세요. 꼼짝 말고요."

　"넌, 저 눈동자가 없는 사람들이 안 보이니? 저승사자처럼 까만 옷을 입고 눈을 부라리고 있잖니?"

　"누가요? 에이, 무섭게 자꾸 왜 그러세요."

　"안 보인다고?"

　선생님은 믿을 수 없다는 듯이 도하의 뒤쪽을 넘겨다보았다.

　"낙엽 깔린 오솔길과 나무들뿐인데요. 누가 있다고 그러세요. 그리고 이 길은 어렸을 때 제 놀이터였어요."

　"놀이터였다고?"

　"네, 비닐 포대 하나만 있으면 다 해결됐어요. 이렇게 낙엽이 두텁게 깔려 있으면 낙엽 썰매가 되는 거고요, 눈이 쌓이면 눈썰매를 탈 수 있는 최적의 장소였어요. 저 경사면 보이죠?"

　할아버지는 철문 앞에 두툼한 충격 방지용 매트를 세워 놓고 도하를 기다렸다. 놀이기구는 계절이 바뀌어도 비닐 포대 하나면 되었다. 하지만 저 언덕 끝에서 여기까지 썰매를 타던 시절도 초등학교 졸업을 마지막으로 끝이 났다. 중학교 3학년 때부터는 아예 방학이고 뭐고 없었다. 방학은 방학대로 특강이다 뭐다 쫓아다니며 공부에 찌들어 지냈다. 가끔씩 숨 쉬듯 할아버지가 그리웠고 틈새, 노닐다에 가고 싶었지만, 시간 내기가 어려웠다. 그래서 그동안 이곳이 어떻게 변했는지 짐작되는 게 없었다.

박한상은 체념한 눈빛으로 말했다.

"너와 나는 확실히 다른 차원에 있는 모양이다. 그렇지 않고는 이럴 수가 없다."

"일단 여기 계세요. 드릴 말씀이 있어요. 여쭙고 싶은 것도 있고요."

"뭘?"

"사모님 얘기예요."

"뭐? 어후, 우리 집사람을 본 적 있니? 어떻게 지내니?"

박한상은 머리를 감싸며 울상이 되었다.

"이따가요. 계속 이런 상태로 말할 수는 없잖아요."

박한상과 도하는 마주 보고 서 있는 모양새가 엉거주춤했다. 마치 둘 사이에 밟아서는 안 되는 선이 있는 것처럼.

도하는 언덕을 향해 걸었다. 쌓인 낙엽 때문에 발이 뒤로 밀렸다. 걸어도 걸어도 제자리로 돌아오는 모래언덕을 올라가는 기분이었다.

중학생 때까지만 해도 주말이면 할아버지를 만나러 이곳을 자주 찾곤 했다. 엄마 아빠랑 같이 올 때도 있었고 어느 정도 자라서는 혼자서 올 때도 있었다.

도하는 이 길을 걸을 때마다 마치 다른 세상으로 들어가는 느낌이 들었다. 큰키나무가 호위하는 언덕을 올라가는 길은 늘 어두컴컴했다. 여름에는 잎이 우거져 살갗에 닿는 공기가 푸른 물처럼 차가워서 좋았고 겨울엔 나무들이 바람을 막아 주어 아늑하여 좋았다. 숲의 터널을 지나 모퉁이를 돌면 거짓말처럼 밝은 햇빛이 잔디 광장 가득 쏟아져 내리곤 했다. 노란 햇볕이 너른 마당 위에 함빡 퍼져, 마치 딴 세상 같았다.

쏟아지는 햇살의 세례를 받으며 잔디 광장으로 들어서는 것은 마치 무대 위로 올라서 박수를 받는 느낌이었다. 어떤 한 사람에게만 비추는 스포트라이트 같은 것이었다. 저 멀리서 박수를 쳐 주는 사람은 언제나 할아버지였다. 의젓하게 혼자 온 것, 건강히 잘 자라 준 것, 할아버지에게 가장 큰 기쁨을 안겨 준 것에 대한 박수라고 했다. 할아버지는 언제나 작업실 앞에서 도하를 기다리며 서 있다가 손뼉을 치며 반겼다.

"도하야, 이리 온."

그러면 도하는 금실처럼 내려온 햇살 사이사이를 헤집듯 잔디 광장을 가로질러 뛰어가곤 했다. 금실은 적당한 온기로 데워져 도하의 몸을 감싸 안았다.

할아버지가 살아 계시고 아무 걱정 없이 이곳을 찾던 시절을 생각하자 가슴을 도려내는 것처럼 아팠다. 그립다는 말은 아프다는 말과 통하는 것 같았다.

발가락에 힘을 주며 걸었다. 그러지 않고는 앞으로 나아가기 어려웠다. 간신히 언덕길을 올라 잔디 광장에 들어섰을 때, 소음이 일시에 파고들었다. 도하는 삑, 하며 이어지는 소리에 두 귀를 틀어막으며 주저앉았다. 눈앞에 빛이 번쩍일 정도로 소리는 집요했다. 귀가 뻥 뚫렸을 때 한꺼번에 소리가 쏟아져 들어오는 것처럼 아주 작은 소리도 감지되었다. 곤충들이 날개 비비는 소리, 바람이 나뭇잎을 쓸고 통과하는 소리, 주변의 잔디와 나무와 화초들이 뽁뽁 숨 쉬는 소리. 그런 소리들보다 더 낮게 깔리는 둥근 선의 피아노 소리, 사람들이 얘기하며 웃는 소리도 간간이 섞여 있고, 뚝딱뚝딱 망치질 소리 등 뭔가 분주하면서도 따뜻하고 밝은 소리가 이어졌다.

은은한 향기가 코끝에 맴돌았다. 편안하면서도 위로가 되는 향이라고 해야 하나. 광장 가장자리를 바람개비 모양의 흰 꽃이 뒤덮고 있는데, 향기는 그곳에서 오는 것 같았다.

언덕 아래 문밖과는 전혀 다른 세상이 펼쳐졌다. 할아버지가 살아 계실 때 갤러리 전시 오프닝에 초대되어 놀던 그때처럼 뭔가 흥분되고 달뜬 분위기였다. 몇 년 동안 비워 놓은 곳이라고 볼 수 없을 만큼 모든 것에서 윤이 났다. 바람에 나부끼는 나뭇잎도, 정원 구석마다 피어 있는 꽃들도, 심지어 정원석에서도 푸른 윤기가 흘렀다. 풀이 우거져 작업실로 갈 수 없을지도 모르겠다고 생각했는데, 잔디밭은 잡초 한 포기 없이 똑 고르게 피어나 쏟아지는 햇살을 받아 내며 반들거렸다.

엄마가 사람들에게 세를 준 것인가? 아니면 할아버지가 살아 계실 때부터 살던 사람들인가? 도하는 이곳에 이렇게 많은 공간이 새로 생긴 것도 몰랐다. 여러 개의 작업실이 시작되는 곳에는 낯선 문구가 목판 위에 음각되어 있다. 필체는 할아버지 것이다. 할아버지는 이름난 서예가이기도 했다. 할아버지의 글씨체 중 하나는 공식 서체로 등록되어 사람들이 사용하고 있다. 그 또한 무료로 누구나 쓸 수 있게 하였다고 삼촌은 불만이 이만저만이 아니었다.

어서 오세요,
여기는 당신만의 고유한 시간을
축적하는 곳입니다.

고유한 시간이라니, 그리고 축적이라니. 자신만의 시간을 쌓는 곳이라고? 시간은 누구에게나 똑같이 흐르지 않는다는 것, 시간은 상대적이며 개인적이라는 말은 들어서 알고 있다. 물리학자들은 실제로 시간이 고지대에서는 빠르게 흐르고 저지대에서는 느리게 흐른다고 증명했다. 아인슈타인은 정밀한 시계가 발명되기도 전에 시간은 균일하게 흐르지 않는다고 말했다.

또 독서 동아리에서 토론했던 시간에 관한 책도 떠올랐다. '세상에서 일어나는 모든 현상에는 고유 시간과 고유 리듬이 있다'라는 물리학자 카를로 로벨리의 말은 '세상은 사물이 아닌 사건의 총체'라는 말과 맥이 닿는다고 이해했다. 그 전까지 세상은 사물로 만들어졌다고 생각했던 도하는 그 말을 들었을 때 충격을 받았다. 로벨리는 '세상을 사건과 과정의 총체라고 생각하는 것이 세상을 가장 잘 포착하고 이해하고 설명할 수 있는 방법'이라고도 했다. 이 말은 도하가 지금 여기에 다다른 것은 무수한 사건의 연속에 의한 것이라는 말이기도 했다. 박한상 선생님도 마찬가지다.

언젠가부터 시작된 사건의 날갯짓은 마음의 일렁임을 만들고 그 변화는 또 다른 사건을 만들어 낸다. 인간은 끊임없는 사건에 봉착하고 그것을 해결하며 '어제를 후회하고 내일을 계획하는 중'에 또 다른 사건을 맞이한다고 했다. 결국 그 사건의 연속이 세상을 이루는 모든 것이라는 것이다. 그래서 로벨리가 각자의 시간, 각자의 리듬을 말한 것이라고, 도하는 해석했다. 도하는 '고유한 시간을 축적하는 곳'이라는 문장에 시선을 꽂은 채 한참 동안 그 자리에 머물렀다.

지금 도하 자신은 어떤 사건의 연속 선상에 있는 것일까. 이곳의 사건은 또 다른 사건을 불러오고, 그 사건은 차곡차곡 쌓여 인생이라는 말로 대변되는 것인가. 사람은 떠나도 사건의 흔적은 시간차를 두고 남고, 그것을 우리는 세상이라고 말하는 것인가. 꼬리에 꼬리를 물고 궁금증이 일었다. 할아버지가 계셨다면 당장이라도 달려가 이 궁금증을 풀었을 텐데.

할아버지는 바람 속의 먼지가 되어 도하의 곁을 떠났다. 그렇지만 할아버지가 살다 간 흔적은 고스란히 남아 있다. 그것이 틈새, 노닐다에 부려져 있다. 그러니까 로벨리의 말처럼 '사건의 흔적'이 지금 여기 도하의 눈앞에 있는 것이다.

아까 분명 사람들 소리가 들렸는데 아무도 보이지 않았다. 뭔가 분위기는 느껴지는데 진원지는 알 수 없는 것처럼, 있으나 보이지 않는 제3의 차원이 존재하는 것 같았다. 선생님이 자신은 도하와는 또 다른 차원에 있는 것 같다고 했는데, 여긴 대문 밖과는 또 다른 차원인 것이 분명했다.

소설 『플랫랜드』에 따르면 사람은 모두 자기 안의 플랫랜드, 즉 평면의 세계에 살고 있다고 했다. 그리고 우리는 자기가 몸담고 있는 곳을 뛰어넘어 바라보아야 한다고 했다. 저 멀리 스페이스에서 보아야만 자기가 살던 플랫랜드의 현실이 보이는 것처럼, 뛰어넘는 자만이 자신이 있던 공간을 객관적으로 바라볼 수 있다는 것이다.

"내가 여기 와 보니 그간 내가 몸담고 있던 곳이 어떤 곳인가를 여실히 알겠더라. 그곳에는 그들만의 세계가 있었던 거야. 그들은 아주 견고해서 아무나 들이지 않으려는 관성을 가지고 있지. 그들이 그들만의 성을 지키려고 할 때, 그 성을 깨트리는 누군가가 나와야 해. 더 견고하게 만들려는 자를 물리치고 그 성을 허물어 공정하고 공평한 곳으로 만들어야 하는데 거꾸로 차별의 면적은 넓어지고 공정함은 자꾸만 멀어지는 것 같구나. 나 같은 사람은 이렇게 실패자가 되어 사라지고."

문안으로 들어오지 못한 선생님은 고개를 떨어트린 채 중얼거렸다. 선생님은 교문 앞에 서서 그들의 세계로 들어갈 수 없는 신세가 된 것 같은 처지로 말했다. 몸담고 있던 조직에서 내침을 당한 것도 억울한데 여기서도 그게 재현되는 것인가, 하는 얼굴이었다. 도하는 그런 선생님을 뒤로한 채 언덕길을 올랐다. 뒷덜미가 한없이 무겁고 발걸음이 자꾸만 뒤로 밀린 것도, 고개를 길게 빼고 도하를 바라보던 선생님의 눈빛 때문이었다.

각자의 고유한 시간이란 무엇일까. 시간은 사람마다 다르게 흐른다는 것과 같은 말일 것이다. 시간은 세상의 사람 수만큼 다르게 흐른다. 각자 다른 시간을 썼기 때문에 삶의 모습이 다르며, 그것이 운명이라는 말로 표현되는 것이란 생각이 들었다. 쌍둥이로 태어났다 하더라도 똑같은 인생을 살 수 없는 것처럼, 시간을 다르게 썼기 때문에 그 덩어리의 결과물이 모두 다른 것이다. 도하

자신이 지금 여기에 있는 것도 그 어떤 시간을 선택해서 썼기 때문일 것이다. 그 결정적인 선택이 무엇이었는지 알고 싶다. 무슨 일이 있었던 걸까.

이제껏 엄마는 틈새, 노닐다에 대해 아무 말이 없었고 도하 또한 오랫동안 이곳을 찾지 않았다. 고등학생이 되고는 할아버지와의 만남이 거의 없었고, 돌아가시고 나서는 더욱 이곳에 발길을 들이지 않았다. 그런데도 할아버지가 살아생전 이곳을 운영했다면 이런 모습이 아닐까 싶을 정도로 생기가 넘쳤다. 정원 가득 꽃이 만발했고 작업실 주변은 성채를 감싸 안은 것처럼 큰키나무들이 즐비하게 에워싸, 세상으로부터 안전하게 지켜 주는 듯했다.

"차를 몰고 낯선 길을 갈 때 어딘가 다른 세상으로 쑤욱 들어가는 느낌이 드는 곳이 있단다. 작은 우체국이었던 곳이 미술관이 되고, 오래된 성벽의 흔적은 세월을 고스란히 간직한 채 남아 있고, 지나다니는 사람은 보이지 않는데 나무와 꽃의 생명력이 넘실대는 곳. 골목길의 담벼락 하나에도 정성스러운 손길이 느껴지고 오래된 정자 옆에는 천 살이 다 되어 가는 은행나무 두 그루가 마주 서 있고, 일 년에 한 계절만 여는 오래된 국숫집이 있는 곳. '오래된 미래'의 시간이 흐르는 곳. 나는 그런 곳을 꿈꾼다."

할아버지가 작업실을 만들 때 했던 말이다. 도하는 할아버지의 말을 들을 때, 이야기 속으로 빨려 들어가는 느낌이 들었다. 그 정도로 할아버지가 그리는 세상은 구체적이었다.

할아버지가 사용했던 본채는 그대로인데 그 옆으로 크고 작은 방이 여러 개 증축되어 있다. 돌아가시기 전까지 할아버지가 매달렸던 흔적일 것이다.

도하는 첫 번째 방문을 열어 보았다. 방금 전까지 작업을 하다 나간 거처럼 방 안이 어지러웠다. 나무 인형을 만들다 만 것 같았다. 여러 개의 나무 조각과 조각도가 흩어져 있고 한쪽 벽면에는 크기도 모양도 각기 다른 개성 있는 목각 인형들이 즐비했다.

두 번째 방문을 열어 보았다. 깁다 만 색색의 천 조각들이 방바닥에 널려 있다. 나비가 낮게 나는 것처럼 공기의 흐름에 따라 천 조각이 나풀나풀 움직였다. 한쪽 벽에는 파스텔 톤의 곱디고운 조각보 여러 장이 액자처럼 걸려 있다.

그다음엔 책들이 서가에 정갈하게 꽂혀 있는 카페 같은 너른 공간이 나왔다. 서가와 서가 사이는 산이 보이도록 뚫려 있고 탁자와 의자 등받이의 높이가 똑 고르게 펼쳐져 널따란 평상을 보는 듯한 느낌이 들었다. 책이 여기저기 쌓여 있는 것을 보니 누군가 서가를 정리하다 잠시 자리를 비운 것 같았다. 지는 햇살이 카페 탁자 위에 사선으로 노랗게 누워 있다.

모든 방에는 공통점이 있다. 벽면에 시계가 걸려 있는 것이다. 그런데 가리키는 시간은 방마다 달랐다. 또 한 가지는 숫자가 카운트 되는 기계다. 어떤 방의 카운터기는 도하가 들어가자 딸깍, 소리를 내며 숫자가 넘어갔다. 정제된 수증기가 모여 물방울을 만들고 그 물방울에 숫자 하나 넘길 수 있는 힘이 응축된 것처럼 넘어가는 소리가 방 안을 꽉 채웠다. 고유한 시간과 고유한 숫자가 방마다 다르게 흐르고 카운트 되고 있었다.

사람들 소리는 본채에서 흘러나오는 것 같은데 모습은 보이지 않고, 오히려 점점 아스라이 멀어지는 느낌이 들었다. 도하는 자신이 헛소리를 들은 걸지도 모른다는 생각이 들었다. 할아버지와 함께했던 시간을 그리워하는 마음 때문에 들리는 소리일지도 모른다. 철문 밖은 저렇게 까만 어둠뿐인데 이곳이 이렇게 밝은 것 자체가 현실적이지 않았다. 아니, 죽은 선생님을 만난 것부터가 이해할 수 없는 상황이었다.

도하는 본채 뜰로 들어섰다. 소리를 따라가 보려고 했지만 이내 소리는 잦아들었다. 1층 거실 겸 연회장의 기다란 탁자에는 흰 천이 덮여 있다. 연회가 시작되기 전, 갖가지 음식과 찻잔을 세팅하기 위해 깔아 놓은 테이블보도 그대로였다. 할아버지가 계실 때의 갤러리 전시 오픈을 위한 준비 시간처럼 보였다. 밝은 빛은 2층에서 1층 층계참으로 흘러내렸다. 빛은 여전했지만 어떤 소리도 들리지 않았다. 소리는 왜 멈춘 것일까. 등골이 서늘했다. 차마 층계참으로 올라설 용기가 나지 않았다. 할아버지 작업실이었고, 이제 도하의 이름으로 된 곳인데도 함부로 발을 들이지 못할 정도의 두려움이 일었다.

창밖을 내다보았다. 잔디 광장에 드리운 나무 그림자가 어느새

길어졌다. 시간이 이렇게 빨리 흐르다니. 선생님이 생각났다. 그새 어디로 가 버린 것은 아닌지. 설마 자신을 두고 떠나진 않았겠지, 하는 생각이 들어 조급해졌다. 도하는 서둘러 잔디 광장을 벗어나 모퉁이를 돌아 아래로 향했다.

언덕길을 뛰어 내려갔다. 두툼하게 쌓인 낙엽에 미끄러져 여러 번 휘청거렸지만 넘어지진 않았다. 철문 쪽에 도착했을 때 선생님은 보이지 않았다. 어두운 숲만 괴괴했다.

"선생님, 박한상 선생니임."

도하의 목소리만 메아리칠 뿐, 아무 대답도 들리지 않았다.

"아, 꼼짝 말고 있으라니깐. 밥상 선생니임!"

도하는 목소리를 한껏 높여 최근에 생긴 선생님의 별명을 불렀다. 이름 때문에 밥상이라고 부르기도 했지만, 선생님이 지난봄부터 아침밥 먹기 운동을 시작하면서 붙은 별명이기도 했다.

"밥을 잘 챙겨 먹어야 한다. 한솥밥을 먹는다는 건 아주 귀한 인연이다. 있는 사람은 없는 사람과 나눠야 한다. 평화의 한자를 봐라. 쌀이 공평하게 입으로 들어간다는 뜻이지 않니? 특히 아침밥은 너희에게 아주 중요하다. 아침밥 안 먹은 사람은 본관과 별관 사이, 회랑으로 와라."

선생님은 입만 열면 밥 타령을 했다. 일명 '밥 운동'이다. 아이들은 선생님의 말을 귓등으로 넘겼다. 전형적인 꼰대가 하는 말이라고 생각하며 무시했다. 완전 할머니 같은 말만 골라 한다며 선생님이 밥 얘기를 할 때는 눈길을 피하기도 했다. 밥 먹을 시간에 잠을 자겠다는 아이가 대부분이었다.

아이들이 선생님의 밥 타령에 관심을 갖게 된 것은 선생님이 셀프 아침밥 코너를 만든 때부터였다. 회랑에 밥과 삼각김밥 틀과 김밥 속에 넣을 재료를 놓고 스스로 김밥을 싸 먹을 수 있는 자리를 마련한 것이다. 아이들은 삼각김밥 자체보다도 입맛에 맞는 김밥을 제 손으로 싸 먹는 것에 더 흥미를 느꼈다. 셀프 아침밥을 만들어 먹을 수 있는 사람은 선착순 몇 명으로 제한되었기 때문에 회랑은 아침마다 북적였다. 관심 갖는 아이들이 늘어나자 선생님은 선착순 인원수를 조금씩 늘려 가는 센스를 발휘했다.

어떤 날은 '친구를 위해 아침밥 만들어 주기'도 했다. 어제 미안했던 친구에게 주먹밥 만들어 주기, 고마운 마음을 표하고 싶은 친구에게 햄버거 만들어 주기, 핫도그 만들어 주기 등. 그 후로 선생님의 별명은 '밥상'으로 굳어졌다.

밥상 선생님의 요리 솜씨는 좀 특별했다. 담백하면서 재료를 많이 넣지 않았는데도 계속 생각나게 하는 끌림이 있었다. 편의점에서 파는 삼각김밥과는 차원이 달랐다. 차고 딱딱한 밥알이 입 안에서 겉도는 맛이 아니었다. 그 자리에서 갓 지은 밥을 식혀 만들었기 때문일까. 그래서인지 선생님의 아침밥을 안 먹어 본 아이는 있어도 한 번만 먹어 본 아이는 없었다.

그런 선생님이기에 스스로 목숨을 버렸을 리가 없다. 아이들에게 밥을 통해 생의 애착을 가르쳐 준 분이다. 살아라, 어떻게든 살아남으로고 얘기하던 분이다.

"지금 너희의 모습이 다가 아니다. 너희는 어떤 나무로 자랄지 아무도 모른다. 지금은 몹시 지질하고 못나 보여도 인생은 그렇게 쉽게 결정되는 게 아니다. 희망을 가져라. 세상 모든 것이 너희의 희망을 빼앗더라도 나 자신에게서 스스로 빼앗지는 말아라."

동아리 시간 첫날, 밥상 선생님이 한 말에 다들 울컥했다. 고등학교 입학 후 처음으로 본 모의고사로 전국에서의 각자 위치가 여실히 드러난 뒤였기에, 다들 한없이 처진 어깨로 앉아 있을 때였다. 입으로는 뭐래, 하면서도 가슴을 움직이는 말을 들은 이상 스스로를 속일 수는 없었다.

도하가 할아버지 묘비명의 뜻을 풀기 위해 찾아간 사람도 밥상 선생님이었다. 도하는 선생님에게서 할아버지와 비슷한 결을 느꼈기에, 할아버지와 나눈 얘기를 선생님과도 해 보고 싶었다.

"선생님, 시계 밖의 시간이 뭘까요?"

"허허, 뜬금없이? 시계 밖의 시간? 글쎄, 시계로 잴 수 없는 시간이란 뜻일까? 너도 시간에 대해 관심이 많구나."

"네. 뭐, 가끔 영원은 뭘까, 그런 생각이 드는 것 보니 그런 것 같기도 해요."

"네 선배들 중에 시간에 대해 고민하고 그것을 현실에 대입해 보며 실천하던 아이들이 있었다. 너도 들어 봤을 거다."

"네, 저희에게는 레전드죠. 시간을 파는 상점을 꾸렸던 백온조, 정이현, 홍난주, 오혜지 선배님요."

"오, 다 알고 있구나."

"그 선배들의 활동을 기념하기 위해 '당신의 부탁을 들어 드립니다'라는 자율 동아리도 있었던 것 같은데, 흐지부지 없어지긴 했지만요."

"그래, 맞아. 그런 아이들도 있었지. 교내에 한정됐긴 했지만 나름 선배들의 흔적을 좇으려 했던 아이들 말이다. 이제는 그런 아이들을 오지라퍼라며 외면하고 피할 정도로 주변을 살피지 않는 게 당연한 것처럼 되어 가고 있다. 한 해 한 해 아이들의 정서가 너무 달라져서 무서울 정도다. 학부모들의 민원 수준이나 횟수도 그렇고."

선생님은 사람들의 정서가 더욱 개인화되고 파편화되어 자기 앞만 보는 경우가 대부분이라고 했다. 집에서도 학교에서도 '나'만 아는 사람으로 커가도록 가르치는 시대가 된 것 같다고 했다.

그 후 도하는 선배들이 나왔던 신문 기사와 활동 사항을 찾아보게 되었다. 생각보다 시간을 파는 상점을 모티브로 한 블로그와 사이트가 많았다.

선배들은 지금쯤 어디서 무엇을 하고 있을까.

선생님은 대답 대신 책을 한 권 한 권 권해 주었다. 그리피스의 『시계 밖의 시간』을 다 읽고 반납하면 로벨리의 『시간은 흐르지 않는다』를, 그다음엔 에드윈의 『플랫랜드』를 내밀며 제법인데, 하는 표정을 짓고는 시간을 주제로 한 토론 시간도 마련해 주었다. 그럴 때마다 할아버지 생각이 났다. 뒤춤에 책 선물을 감추고 있다가 내미는 할아버지의 환한 얼굴과 선생님의 얼굴이 겹쳤다.

도하는 이제 선생님을 위해 자신이 나서야 한다고 생각했다. 더군다나 여기는 자신의 이름으로 된 공간이 아니던가.

선생님은 어디로 간 것일까. 도하는 어두운 숲을 뚫어지게 바라보았다. 숲 가까이 둥근 공처럼 몸을 만 까만 물체가 보였다. 선생님이다. 숲을 향해 한쪽 구석에 쭈그리고 앉아 있다. 세상에서 가장 작게 몸을 웅크린다면 저런 모습이 아닐까 싶었다. 선생님의 어깨가 얇게 흔들리는 게 보였다.

도하가 다가가 말했다.

"뭐 하세요?"

"넌 인마, 이렇게 오래 있다 오면 어떻게 해? 밖에서 기다리고 있는 사람도 생각해 줘야지, 엉?"

박한상의 얼굴이 물기로 번들거렸다.

"그렇게 시간이 많이 지났어요? 이상하네요. 저 위에서는 몇 발자국 걷지도 않은 것 같은데, 잔디밭에 늘어진 나무 그림자 보고 깜짝 놀랐어요."

"내가 뭘 그렇게 잘못했니? 내가 뭘 잘못했기에 이렇게 떠돌고 있는 거니? 내가 왜 죽어야 했는데?"

선생님은 소리쳤다. 일그러진 주름 사이로 눈물이 타고 내렸다.

"선생님 잘못하신 거 없어요. 제가 알아요."

선생님은 한참 동안 말을 잇지 못하고 어둑한 하늘을 올려다보았다.

"혜음에서 읽었던 카프카의 소설 기억나니? 내가 꼭 그 사내가 된 것 같다."

기억난다. 밥상 선생님은 독서 토론 동아리 혜음(상대방을 높여, 그의 편지를 이르는 말)의 담당 교사였고 도하는 줄곧 그 동아리의 리더를 맡았다. 1학년 대표에 이어 2학년이 되면서 동아리 전체 대표를 맡으며 선생님과 긴밀한 시간을 보내던 터였는데 선생님이 떠난 것이다. 「법 앞에서」는 선생님과 마지막으로 읽은 소설이다.

법 앞에 문지기가 지키고 있다. 시골에서 한 사내가 찾아와 문지기에게 법 안으로 들여 보내 달라고 부탁한다. 문지기는 사내에게 입장을 허락할 수 없다고 한다. 사내는 끝끝내 법 안으로 들어갈 수 없었다. 오랫동안 사정하고 기다렸지만, 결국 늙어 죽을 때까지 들어가지 못했다. 목숨이 다하던 날, 사내는 문지기에게 물었다.

"모두들 법 안으로 들어가고 싶어 하는 걸로 알고 있는데, 그 오랜 세월 동안 왜 나 외에 아무도 입장을 요구하지 않은 거지요?"

그러자 문지기가 말했다.

"여기서는 어느 누구도 입장을 허가받지 못하지요. 왜냐하면 이 문은 오로지 당신만을 위해 만들어졌으니까요. 나는 이제 문을 닫아야겠군요."

사내는 죽었다.

"내가 꼭 그 사내가 된 거 같다니까. 내가 무엇을 놓친 거니? 무엇을 빠트린 거니?"

도하는 떠오르는 말이 없었다. 모든 문이 닫힌 것 같은 사람에게 무슨 말을 할 수가 있을까. 어디에도 없고 어디에도 갈 수 없는 망령이 된 사람.

선생님 말대로 「법 앞에서」는 지금 상황을 예고한 것만 같았다.

"이 언덕 끝에는 뭐가 있니? 저들이 지키고 있을 정도면 지킬 게 있다는 거잖아."

"그냥 똑같았어요. 할아버지 작업실 겸 갤러리가 있는, 예전 그대로의 모습이었어요."

사람들 소리가 들리는데 보이지는 않는다는 것과 안은 여기와는 전혀 다른 분위기라는 말은 하지 않았다. 말을 해도 믿을 것 같지 않았다. 문안과 밖은 너무나 다른 세계고 다른 시간이 흐른다는 걸 어떻게 이해시킬 수 있을까. 그 말이 오히려 선생님을 더 초조하고 조급하게 만들 것이 뻔했다.

"그럼 나를 왜 못 들어가게 하는 거야?"

"그건 저도 모르겠어요. 선생님, 방금 전에 뭘 놓친 거냐고, 뭘 빠트린 거냐고 하셨잖아요. 그걸 한번 생각해 보세요."

"그래, 뭔가 있어. 분명 내가 놓친 게 있는 거야."

"선생님, 한 가지 궁금한 게 있어요. 누구예요? 선생님을 이렇게 만든 게."

"그게 무슨 말이니?"

"사모님은…….."

"아, 집사람. 아까 집사람에 대해 뭐 할 말 있다고 했잖니?"

"네. 선생님이 그렇게 되신 후 사모님이 매일 학교에 오셨어요."

선생님의 눈시울이 금세 붉게 차올랐다.

"왜?"

"왜라니요?"

도하는 푸르륵 열을 내며 되물었다. 한 사람의 죽음은 한 사람으로 끝나지 않는다. 그 사람과 연결된 열 사람, 백 사람이 죽은 거나 마찬가지다. 죽은 시훈 선배의 그림자가 선생님에게로 이어지고, 도하와 아이들에게도 오랫동안 드리워진 것처럼. 한 사람의 죽음은 그와 인연을 맺은 모든 사람이 죽어야 끝나는 것이다.

"선생님의 죽음이 억울하다고요. 억울함을 풀어 달라고 외치다가 쓰러져서 병원으로 실려 가신 적도 있어요."

"뭐? 어후."

선생님은 머리를 감싸 쥐고 주저앉았다. 숨이 쉬어지지 않는 듯 숨을 거칠게 뱉어 냈다.

"이보다 더 빨리 내가 짊어지고 갔어야 했다. 너무 늦었던 거지."

"무슨 말씀이세요? 왜요? 왜 선생님이 다 짊어져야 하는데요?"

"너한테 할 말은 아니지만, 살아 있는 게 모멸스러울 때가 있어."

"말씀해 주세요. 저희가 모르는 다른 무슨 일이 있었는지."

"나는 그렇다 치고, 넌 어떻게 된 거야? 왜 내 눈에 네가 보이고 네 눈에 내가 보이는 거냐고? 너도 뭘 어떻게 한 거야?"

"아뇨, 절대로요. 전 절대로 그렇지 않아요."

도하는 아무리 생각해도 기억나지 않았다. 자기가 왜 여기 있는 것인지. 어쨌든 선생님과 자신은 분명 다른 차원에 있어야 한다. 그래, 다른 차원이어야 한다. 선생님은 죽었고 도하는 죽지 않았으니까.

선생님과 시훈

사모님이 학교 앞에서 1인 시위를 시작한 날이었다. 초여름 햇볕이 따갑게 내리쬐는 오후, 도하는 동아리실 창가에서 교문 쪽을 살폈다. 수업 시간 내내 피켓을 목에 건 사모님의 모습이 떠올랐다. 할 수 있는 게 아무것도 없어서 갑갑하기만 했다. 뜨거운 햇살을 받은 운동장의 모래알은 유리 조각처럼 날카롭게 빛나며 뜨거운 열기를 그대로 토해 냈다. 교문 기둥에 기대 서 있는 사모님의 모습이 얼핏 보였다. 도하는 돌덩이에 짓눌린 것처럼 가슴에 빡빡한 통증이 일었다.

그때 주령 샘이 동아리 문을 밀고 들어왔다. 도하가 뒤돌아서 눈두덩을 누르며 코를 훌쩍였다. 주령 샘은 자진하여 혜음을 맡겠다고 나섰다. 선장을 잃은 선원이 되어 언제 좌초될지 모르는 난파선에 있는 것 같은 심정이었던 동아리 부원들은 주령 샘 덕분에 그나마 위로를 삼을 수 있었다.

셀프 아침밥도 주령 샘이 맡기로 했다. 박한상 선생님이 했던 일을 이어 가는 것이 선생님을 존경했던 사람으로서 해야 할 최소한의 예의라고 했다. 그게 박한상 선생님이 살아생전 했던 일을 무위로 돌리지 않는 일이라고 했다.

주령이 도하의 어깨를 두드렸다. 주령은 도하의 마음을 다 읽고 있었다.

"가자."

주령이 가붓하게 말했다.

"어딜요?"

"사모님한테."

"진짜요?"

도하는 가슴팍에 올려져 있던 돌덩이를 내려놓은 것 같은 느낌이 들었다.

"내가 먼저 가자고 했단 말은 하지 말기."

"네네, 그럼요."

둘은 뜨겁게 달구어진 열기를 꾹꾹 누르며 운동장을 가로질렀다. 발밑에서 모래알이 버그럭 버그럭 아우성칠 정도로 날씨는 뜨겁고 건조했다.

주령이 사모님께 물병을 건네고 햇볕을 가리기 위해 양산을 펼쳐 들었다. 물병을 받는 사모님의 손이 쉼 없이 파들거렸다. 서 있을 힘조차 없어 보였다. 사모님은 물병은 받았지만 우산은 손으로 밀어내며 마다했다. 그동안 아무것도 먹지 못한 듯 몸피가 야위어 있었다. 주령이 재차 물병을 권했다.

"제발, 물이라도요. 식사는 하고 나오신 거예요?"

사모님이 힘없이 주령을 올려다보며 말했다.

"남편을 차디찬 냉동고에 넣어 둔 사람이 무슨 자격으로 물을 마시고 밥을 먹겠습니까."

금방이라도 바닥으로 녹아내릴 것 같은 몸이었지만 목소리와 눈빛만은 차가웠다. 사모님은 말을 마치자 현기증이 이는지 눈을 감으며 휘청거렸다. 주령이 흘러내릴 것 같은 사모님을 부축했다.

"괜찮습니다."

사모님이 속에서 끌어올리듯 힘겹게 말하며 주령의 손을 떨쳐냈다.

"안 되겠어요. 오늘은 좀 쉬셔요. 이러다 큰일 나겠어요."

주령이 학교 앞 카페로 가서 열을 식히자고 해도 사모님의 눈빛은 너무나 완고했다.

"내일부터는 저도 같이할게요. 지금 몸이 너무 뜨거우세요."

사모님은 믿을 수 없다는 듯 주령의 얼굴을 올려다보았다. 주령은 턱으로 물병을 가리키며 도하에게 눈짓을 보냈다. 도하는 사모님의 손에 있던 물병을 받아 뚜껑을 딴 후 다시 건넸다.

"물이라도 드세요."

도하의 목소리를 듣자 사모님의 눈가에 눈물이 고였다. 속울음을 우는 듯 몸이 흔들리며 비칠거렸다. 도하는 사모님을 부축하여 카페로 이끌었다.

"뭐라도 드셔야 해요. 긴 싸움이 될지도 모르잖아요."

주령의 말에 사모님의 눈동자에 빛이 돌았다. 꺼져 가는 불씨가 다시 살아나듯 좀 전과는 다르게 밝은 기운이 보였다.

"그자와 등산을 같이 갈 리가 없어요. 그 사람을 별로 좋아하지도 않았으니까요. 산책 간다고 나간 사람이 주검으로 돌아왔어요. 이해할 수 있겠어요?"

사모님은 이슬이 맺힌 유리잔을 들어 목을 축인 뒤 한 마디 한 마디 토해 내듯 말했다. 사모님의 목소리는 칼날처럼 날카로워 듣는 것만으로도 살갗이 베이는 것 같았다.

"그자라면, 곽 선생님요?"

주령이 물었다. 선생님이 사고를 당했을 때 최초 신고자가 3학년 부장 곽명후 선생님이었다는 건 모두가 다 아는 사실이다. 뉴스에도 났으니까.

"다들 알고 있으면서 어쩌면 그렇게……."

"두 분이 안 맞았던 거 저희한테도 다 보였어요. 선생님들끼리의 관계와 친밀도 정도는 느껴지더라고요. 학교 행사 때 협조하는 정도만 봐도 알 수 있었어요."

도하가 말했다.

"그렇지? 너희도 다 알고 있었구나. 미안하다, 그자라고 해서."

"아니에요. 저도 진실을 알고 싶어요."

도하는 선생님이 스스로 죽음을 선택했다는 것이 도무지 믿기지 않았다. 어쩌면 선생님의 죽음보다 그게 더 충격이었는지도 모르겠다.

"그자는 전화도 받지 않고 학교에 찾아가도 만나 주지도 않더니 병가를 냈더군요."

사모님이 주령을 보며 말했다.

"네……."

주령이 제 잘못인 것처럼 고개를 숙이며 답했다.

"시훈이 일 기억나지?"

사모님이 눈을 빛내며 도하 쪽을 바라보고 물었다.

"네, 무슨 관련이 있는 걸까요?"

학교에서는 시훈 선배의 일이 박한상 선생님의 죽음과 관련이 있을 거라고 암묵적으로 인정하는 분위기였다. 어디서부터 시작된 파도인지 모르겠지만 그 파도에 부서지는 사람이 하나씩 늘어갔다. 그것을 지켜본 모든 사람도 잔파도에 시달리며 조금씩 부서졌다. 상흔은 지금도 잔금을 내며 이어지는 중이다.

"있지."

사모님이 단호하게 답했다.

지난봄의 일이다. 3학년 시훈이 유리창 청소를 하다가 떨어졌다. 시훈은 병원으로 실려 가다 죽었다. 그날 청결을 강조하며 환경 미화를 지시한 사람은 박한상 선생님이었다. 그래서 시훈의 죽음을 두고 박한상 선생님을 탓하는 분위기였다.

시훈의 반 아이들은 선생님이 어떤 지시를 했는지 정확히 기억하지 못했다. 3학년 교실은 4층에 있는데다가 창에 달린 난간이 낮아 무게 중심을 잃으면 위험하다는 얘기를 들은 것 같다고는 했다. 어수선한 분위기 속에서 제일 먼저 창틀에 올라선 건 시훈이었다. 올라섰는가 싶었는데 눈 깜짝할 사이에 사라졌다는 것이다. 떨어진 시훈의 손에는 걸레가 들려 있었다.

환경 미화 기간이었고, 박한상 선생님이 각 반마다 돌아다니며 정리와 청결을 강조하고 다녔고, 유리창 얘기가 오고 갔고, 결정적으로 시훈이 걸레를 쥐고 있었기에 선생님에게 책임을 떠넘기는 분위기로 흘러간 것이다. 사건이 터지면 책임지는 사람이 있어야 하고 미움과 원망의 대상이 있어야 하는 것처럼, 이 사건에도 온갖 비난의 화살을 맞을 사람이 필요했다. 사실은 그날 3학년 부장 곽 선생님도 교실을 돌며 청소 지도를 했는데, 아무도 말하는 이가 없었다.

시훈의 사건은 박한상 선생님이 곧 교감 후보가 될 거라는 얘기가 돌고 있는 중에 일어난 일이었다. 그런데 교감 후보로 곽명후 선생님도 함께 거론되고 있었다. 여러모로 박한상 선생님이 교감 선생님으로 유력했는데, '학교 재단의 딸랑이'라는 별명을 갖고 있는 곽 선생님도 후보가 되었던 것이다.

주령은 고개를 끄덕였다.

"당시 두 선생님 모두 교감 연수 대상자라고 얘기가 오갔어요. 더군다나 교장 선생님이 두 분보다 연배가 아래여서 난감한 부분이 많았을 거예요. 그래서 조급한 마음도 있었을 거고요."

주령은 팩트만 얘기한다는 듯 어떤 감정도 넣지 않고 건조하게 말하려고 애썼다.

"아, 죄송해요. 제가 이렇게 말해서 서운하시겠지만, 이기려면 냉정해야 해요."

주령이 사모님의 안색을 살피며 말했다. 열기가 어느 정도 식었는지 사모님은 다시 파리한 상태로 돌아갔다. 방금 전 열이 살짝 올랐을 때의 얼굴이 오히려 더 생기 있어 보였다.

"그 양반은 그런 마음 없었어요. 교감이 되면 좋지만, 교장이 나이가 어려 힘들다는 말은 하지 않았어요. 오히려 제가 눈치를 살폈죠. 나이 어린 교장이 새로 왔다는 소식을 듣고 당신 괜찮겠냐고 했더니, 나이는 상관없다고 했어요. 예의는 나이를 떠나 누구에게나 갖춰야 하는 것이라는 것만 아는 사람이길 바란다고 했어요. 상사로서 무리한 요구만 하지 않으면 된다는 식으로 얘기했어요."

도하는, 박한상 선생님은 그렇게 생각하고도 남을 만큼 유연한 분이라고 생각했다.

"서운하게 들리실 수 있지만, 유리창 청소를 학생에게 시키는 건 내부 방침상 금지돼 있어요."

주령이 차분하면서도 조심스럽게 말했다.

"남편은 유리창 청소를 시키지 않았어요. 나한테도 분명히 말했어요. 그런데 이 사람은 학교나 교육청 쪽에 그 부분을 명확히 밝히지 않은 것 같아요. 모르죠, 밝혔는데 누군가가 뭉개 버렸을지도. 그리고 냉정히 말해 시훈의 죽음이 유리창 청소를 누가 시켰느냐로 단죄할 수는 없는 부분이잖아요."

물컵을 쥔 사모님의 손은 떨고 있었지만 목소리만은 단호했다.

도하는 사모님 말이 맞는 것 같아 고개를 끄덕거렸다. 그것밖에 할 게 없었다. 주령은 허리를 곧추 세우고 사모님 쪽으로 몸을 기울이며 더욱 귀를 여는 자세를 보였다.

"남편이 학교 내부 방침을 모르겠어요? 그것도 생활 지도부장이라는 사람이?"

사모님은 주령의 말에 반박하듯 차갑게 되쏘았다.

"죄송합니다. 제 말은……."

주령의 말이 끝나기도 전에 사모님이 이어서 빠르게 말을 쏟아 내었다.

"그런데 그자가 극구 강조했다고 들었어요. 그래서 남편은 일부러 청소 구역 중 유리창은 청소하지 말라고 했다더군요. 그런데 그 말을 들은 아이가 한 명도 없다니. 도대체 남편은 그간 무슨 힘으로 학교를 나갔던 걸까요?"

사모님의 얼굴이 암담하게 일그러졌다.

"청소 시간이라 아마 무척 소란스러워서 그랬을 거예요."

청소 시간은 그야말로 난장판이다. 빗자루를 잡는 것도 익숙하지 않으며, 제 방 정리 한번 안 해 본 아이들이 대부분이다. 그러니 애초에 청소가 뭔지 모른다. 담임 샘이 악다구니를 쓰며 지적해야 그나마 하는 시늉을 한다. 그것도 제대로 하는 아이들은 몇명 되지 않는다. 대부분 의자나 책상, 분필 도막으로 장난을 치거나 빗자루나 대걸레로 칼싸움을 한다. 그 해방의 시간에 점잖은 박한상의 목소리가 귀에 들어올 리 없었을 것이다.

"환경 미화 다음 날, 학교에 교육청 인사들이 장학 지도를 오기로 했다더군요. 그것이 결정적이지 않았을까요? 교감 연수 대상자가 누가 되느냐에 그날 학교 상태가 영향을 줄 수 있겠다는 생각을 할 수밖에 없었겠지요."

"네, 저도 공지 사항으로 전달받은 기억이 나요. 그렇다면 곽명후 선생님이 박 선생님을 도와 드리려고 그런 것은 아닐까요? 아, 죄송해요, 제가 여기까지 온 것은 사실을 분명히 알기 위해서예요. 그래야 제가 뭘 해야 할지 알 것 같아서요. 힘드시겠지만 뭐든 말씀해 주세요."

"다들 그렇게 오해하는 것 같은데, 제 생각은 반대예요. 내부 방침을 어기게 만들려고 한 거죠. 뭐가 됐든 작은 꼬투리라도 잡아서 깎아내리려고 했을지도 몰라요. 점수도 남편이 월등히 높았으니까요. 그자는 밥 운동도 처음부터 반대하고 견제했던 사람이에요. 의도를 알 수 없다, 유난을 떤다, 얼마나 가나 보자, 다른 선생들 입장도 생각해 줘야지, 라며 사람 불편하게 만든다는 식으로 말한 사람 중 한 명이에요."

실제로 밥 운동에 대한 호감도는 선생님마다 달랐다. 시간이 지나 아이들의 변화를 지켜보며 서서히 마음을 바꾼 선생님들이 있기는 했지만, 처음부터 호응이 좋았던 건 아니다. 선생님들 중 일부는 끝까지 냉랭한 반응이었다.

시훈의 죽음으로 학교에 수시로 교육청 감사가 나왔고 박한상은 검찰에 불려가 조사를 받기도 했다. 그 과정에서 결국 누가 유리창 청소를 지시했는가가 사건의 관건이 되었다.

하지만 박한상이 유리창 청소를 지시했는지 여부는 이제 알 길이 없다.

사모님은 선생님에게 사실을 다시 확인하기 위해 나눴던 대화를 얘기했다.

"정말 당신이 지시 안 한 거 맞죠?"

"아이가 죽었어. 그 죽음보다 누가 지시했느냐가 더 중요한 거야?"

"내 말은 그 말이 아니잖아요. 그런데 왜 학교도 당신이 했다는 식으로 몰아가는 건데요?"

"누가 되었든 책임질 사람은 있어야지."

"왜 그게 당신이어야 하는데요? 당신이 아이들한테 어떻게 한 사람인데?"

주령도 도하도 처음 듣는 얘기다. 심지어 암묵적인 약속이 되어 있는 양 교장 선생님도 함구하고 있는 상태라고 했다. 교장 선생님은 한 명만 책임지면 되지 굴비 엮듯 다 끌고 가는 건 아니지 않냐고 말했다는 것이다. 까맣게 죽은 얼굴로 집에 들어오는 남편을 보면서 사모님도 같이 죽어 가는 시간이었다고 말했다.

"남편의 성정으로 봤을 때, 침묵하며 자신이 옴팡 책임지는 쪽으로 가려는 것 같았어요. 이 일이 문제가 되어 교감 후보에서 제외되는 것도 받아들일 준비를 하는 것 같았어요. '당신 교장 사모님 소리까지 듣게 하고 싶었는데……' 하면서 내려놓는 것 같았어요. 다른 사람에게 책임을 떠미는 짓은 죽어도 못 할 양반이에요. 그간 제대로 먹지도 못하고……."

그 후 박한상의 신명은 사라진 것처럼 보였다. 변함없이 수업을 하고 생활 지도를 하고 밥 운동을 했지만 전 같지 않았다. 그저 어떻게든 시간을 견디는 것 같았다.

"……"

"안 그래도 시훈이 그렇게 되고 나서 잠도 제대로 못 자고 잘 먹지도 못했어요. 통 맘을 못 붙이고 겨우겨우 살아가고 있었는데. 하지만 그렇다고 절대로 자기 목숨을 함부로 할 사람은 아니에요. 그 양반이 아이들한테 어떻게 했는데요. 그렇게 자신의 신념과 다르게 행동할 사람은 아니에요."

도하는 시훈 선배의 일만 제대로 밝혔어도 상황이 여기까지 오진 않았을 거란 생각이 들었다. 비극은 또 다른 비극을 불러왔다.

"네, 저도 믿어요. 선생님은 절대로 그럴 분이 아니라는 거. 내 일부터는 저도 사모님과 같이할게요."

도하가 사모님을 바라보며 말했다. 주령 샘이 흠칫 놀라는 것 같았다. 도하는 이제야 자신의 마음을 짓누르던 무거움에서 벗어난 기분이었다. 선생님과 보낸 시간을 생각하면 진즉에 나섰어야 했다. 자신이 나설 만한 일이 아니라는 생각으로 그간 외면하고 못 본 척하는 게 더 힘들었다.

"도하야, 잠깐만."

주령은 자리에서 일어나 도하에게 따라오라는 시늉을 했다.

"사모님, 죄송해요. 잠깐만 도하랑 얘기 좀 할게요."

도하가 엉거주춤 일어서서 주령을 따라갔다.

"넌 안 돼."

주령이 도하의 팔을 잡으며 목소리를 낮춰 말했다.

"왜요?"

"아무튼 안 돼. 해도 내가 할 거야."

"선생님은 되고 저는 왜 안 돼요?"

"입시에 불리해."

주령은 사모님 눈치를 살폈다. 죽은 자는 죽은 자이고 살아 있는 사람은 어떻게든 살아가야 한다고 말하는 듯했다.

"선생님도 불리한 건 마찬가지잖아요."

"너보다는 내가 나아. 아무튼 이 얘기는 사모님 모시고 가며 내가 얘기하는 거로."

"……."

도하는 대답하지 않은 거로 답했다.

주령은 이전부터 박한상 선생과 한 팀이 되어 학교 일을 도맡아 했다. 박한상은 학교에서 손이 많이 가는 일을 주로 벌였는데, 그럴 때마다 주령이 함께 나서는 편이었다. 그러니 박한상이 떠나고 나서 혜음을 맡은 것과 아침밥 운동을 이어 가는 것은 주령에게 자연스러운 일이었다.

주령은 그간 박한상 선생에게 신세 진 게 많았다. 학부모 민원에 쩔쩔맬 때마다 박 선생이 나서서 매끄럽게 해결해 준 것이 여러 건이었다. 매일 죽어 버리겠다며 제 손목을 긋는 등, 자해하는 학생을 맡은 적이 있는데, 그 아이를 설득하고 진정시켜 무사히 졸업시킨 것도 박 선생 덕분이었다. 이처럼 학교에서 궂은일이 생기면 언제나 박 선생이 주령의 곁에 있었다.

그럴 때마다 주령은 '진정한'이라는 말을 곰곰이 생각해 보게 되었는데, 박 선생에게는 그 말을 붙일 자격이 충분했다. 주령이 교사 생활을 하며 단단해진 것은 순전히 박 선생 덕분이었다. 이렇게 아이들에게는 '진정한 스승', 주령에게는 '진정한 선배이자 동료'였던 사람이 하루아침에 사라진 것이다. 그것도 스스로 목숨을 버렸다는 말과 함께.

도하는 카페 앞에서 주령 샘이 사모님을 태우고 댁으로 가는 걸 한참 동안 지켜보았다. 이 일로 인해 주령 샘도 학교에서 곤란한 처지가 될 것이다. 학교에서 어떤 사건이 일어나도 침묵하고 있는 최종 책임자인 교장 선생님이 모든 걸 지켜보고 있을 테니까. 그럼에도 불구하고 주령 샘은 용기를 낸 것이다.

그래서 도하도 용기를 내 보기로 했다. 학교 보안관 아저씨의 해고를 막아 낸 '시간을 파는 상점' 선배들처럼 말이다. 자신의 앞날을 모두 걸고 한 행동일 텐데, 어떻게 그런 용기를 낼 수 있었던 건지 생각할수록 대단하다는 생각이 들었다. 당시 인터뷰 자료에는 눈앞에서 그런 일이 벌어지면 누구나 나설 수밖에 없을 거라는 말이 적혀 있었다. 또 선배들은 보안관 아저씨가 보여 준 헌신과 친절의 시간 때문에 움직일 수 있었다고 했다.

다음 날, 도하는 교문에서 사모님을 기다리기 위해 일찌감치 서둘렀다. 교문 앞에는 낯선 남자 두 명이 서 있다. 이제껏 한 번도 본 적이 없는 사람들이다. 도하는 교문을 사이에 두고 사내 둘과 서 있게 되었다. 괜히 그 둘의 눈치가 보이고 이유 없이 주눅이 들었다. 아이들이 하나둘 교문을 지나며 도하와 사내 둘을 흘깃거렸다.

덩치 큰 남자가 도하에게 다가왔다.

"안 들어가고 뭐 해요?"

덩치가 물었다.

"누굴 좀 기다리는 중인데요?"

도하는 잔뜩 긴장한 채 시선을 빗기며 그딴 건 왜 물어보냐는 식으로 말했다.

"근데 누구세요?"

덩치는 자기 가슴팍에 대롱거리는 것을 들어 도하에게 보여 주었다. 학교 방문증인 줄 알았더니 신분증이었다.

"경찰이세요? 왜 오셨어요?"

"신고가 들어와서요."

그 말에 가슴 한쪽이 날카로운 칼날에 쓱 베인 것처럼 서늘해졌다.

"무슨 신고요?"

때마침 사모님이 주령의 차에서 피켓을 들고 내렸다. 도하는 달려가 피켓을 받아 들었다.

"내 말은 아예 안 들을 셈이야?"

주령은 도하를 보자마자 책망하는 투로 말한 뒤, 안타까움이 섞인 눈빛으로 도하를 올려다보며 주차를 위해 학교 안으로 들어갔다. 도하는 사모님과 함께 교문 앞에 나란히 섰다. 심장이 거세

게 두방망이질 쳤다.

학교 측에서 신고를 하고 경찰을 불렀다는 생각이 도하의 머릿속을 떠나지 않았다. 배신감이라는 걸 처음으로 맛보았다. 학교는 언제나 견고한 '나의 성'이 되어 줄 줄 알았는데, 그 성이 등을 돌리고 자신을 적으로 취급하는 듯한 쓸쓸함이 밀려왔다. 다들 죽은 자에게 등을 돌린다는 생각이 들었다.

도하는 자꾸만 사모님의 얼굴을 살폈다. 사모님은 싸늘해진 얼굴로 피켓을 정리하고 있었다. 도하는 경찰의 출현이 학교의 입장을 낱낱이 보여주는 것 같아서 사모님께 더욱 미안한 마음이 들었다. 그와 동시에 오기 같은 것이 끓어올랐다. 교문 밖으로 내침 당한 기분이었지만 오히려 이대로 물러서지 않겠다는 결심이 굳게 섰다.

피켓을 든 도하는 손에 힘을 주었다. 사모님은 가방에서 선생님의 영정 사진을 꺼냈다. 도하는 선생님의 얼굴을 보자 속에서 뜨거운 것이 올라왔다. 그동안 마음 놓고 울지도 못했다. 고개를 젖히고 눈을 깜빡거리며 하늘을 올려다보았다. 하늘은 망망대해 같았고 언제 부서질지 모르는 낡은 쪽배에 올라탄 기분이 들어서 가슴이 한없이 떨렸다.

아이들은 피켓을 든 도하와 박한상 선생님의 영정 사진을 보고 놀라는 것 같았지만 못 본 척하며 지나갔다. 눈길이라도 오래 주면 두 사람의 행위에 동조하는 것처럼 비춰질 것 같은지, 잰걸음으로 지나가기 바빴다.

박한상 선생님이 하는 일이라면 언제든 도와주던 아이들은 혜음 부원들이었다. 잦은 소집에 성가시게 군다며 동아리를 탈퇴한 아이들도 꽤 있었지만 남은 아이들은 무슨 일이든 기꺼이 함께했다. 그래서 주령이 혜음을 선뜻 맡겠다고 했는지도 모른다.

혜음 부원들이 박한상 선생님 일에 합세하기 시작한 건 아침밥 운동에 도움의 손길이 필요해진 때부터다. 동아리 이름인 '혜음'을 '밥상'으로 바꾸자는 말이 나올 정도로 다들 열심이었다.

역시나 이번에도 1학년 혜음 아이들이 도하에게 달려왔다.

"선배님, 저희도 할게요."

"안 돼, 너희는."

말은 그렇게 했지만 도하는 가슴 가득 따뜻함이 차오르는 것 같았다. 갑자기 달라진 분위기에 사모님은 영문을 모르겠다는 눈빛으로 한 걸음 뒤로 물러섰다. 눈을 크게 뜨고 아이들을 바라보았다. 도하는 사모님에게 이 아이들이 선생님이 맡았던 동아리 혜음의 부원들이라고 말했다. 사모님 눈에 눈물이 가득 차올랐다. 선생님과 함께 아침밥을 만들고 책을 읽은 아이들이라고 하자, 사모님은 그제야 느껍게 울었다. 사모님의 울음소리에 주변이 고요해질 정도로 숙연해졌다. 사모님은 아이들 손을 일일이 잡으며 선생님의 흔적을 대하듯 했다.

아이들은 그런 사모님에게 아무 말도 하지 못하고 마치 선생님의 죽음이 자신들의 잘못인 것처럼 하나같이 고개를 숙였다.

"왜 선배는 되고 저희는 안 돼요?"

1학년 대표가 물었다.

"다쳐."

"선배는요? 선배는 안 다쳐요?"

"나는 혜음 짱이잖니."

도하는 '짱'이라는 말을 할 때 가슴 속이 웅혼해지며 투사가 된 기분이 들었다. 이 관심이 단순한 호기심이라도 좋았다. 아이들이 지금 이 상황을 모른 척하지 않는 것만으로도 위로가 되었다. 문득 어제 카페에서 사모님이 했던 말이 떠올랐다. 선생님이 그간 무슨 힘으로 학교에 나간 건지 모르겠다던. 그 말을 들을 때 도하도 숨이 탁 막혔다. 그래서 선생님을 존경하고 따르는 아이들이 이렇게 많노라고 사모님께 보여 드리고 싶었다.

아이들이 점점 늘었다. 교문 앞이 웅성거리자 멀찌감치 떨어져서 지켜보던 경찰들이 다가왔다.

"이제 그만 교실로 들어가세요."

위압적인 목소리에 아이들은 일제히 두 남자를 향해 돌아섰다. 다들 누군데요? 하는 눈빛으로 그들을 바라보았다.

몇몇 선생님이 교문을 향해 걸어왔다.

"뭐 하니? 다들 빨리 교실로 들어가지 못해?"

"넌 뭔데? 피켓까지 들고. 빨리 교실로 들어가. 낄 데 안 낄 데가 따로 있지."

2학년 부장 선생님이 나서며 말했다.

"뭐 하세요? 아이들 해산시켜 주세요."

그러고는 경찰들을 보며 말했다.

학교에서 경찰까지 불렀다는 것을 확신한 사모님은, 다리가 풀린 듯 화단 난간에 앉아 이마에 난 땀을 닦으며 복잡한 눈빛으로 아이들과 경찰, 선생님 들을 바라보았다.

교장 선생님이 사모님에게 다가갔다.

"뭐라 드릴 말씀이 없지만, 들어가서 말씀하시죠."

진즉에 했어야 할 말을 이제야 하느냐는 눈빛으로 사모님은 교장 선생님을 쏘아보았다.

"난 이제 무서울 게 하나도 없는 사람입니다. 잃을 것도 없고요. 제가 이러다 죽기밖에 더하겠습니까? 여기서 말씀하시죠."

사모님의 목소리는 얼음장처럼 단단했다.

"이러지 마시고요, 아이들 눈도 있지 않습니까."

"아이들 눈 무서운 분이 그간 그렇게 침묵하고 계셨습니까? 경찰은 또 뭡니까? 아이들에게 부끄럽지도 않으세요?"

"사모님, 제 입장도 헤아려 주세요."

"누가 누굴 보고 헤아려 달라고 하는 겁니까. 지금 내가 교장 선생님 입장 헤아리게 되었습니까? 사람이 죽었습니다. 왜 죽음에 이르게 된 건지 샅샅이 밝혀지기 전에는 제가 누굴 봐 줄 입장이 못 됩니다. 그건 교장 선생님께서 이해해 주세요."

호기심인지 관심인지는 모르겠지만 혜음 부원이 아닌 다른 아이들까지 모여들기 시작했다. 교문 앞은 아이들로 북적이며 혼잡스러워졌다. 아주 짧은 시간에 일어난 일이었다.

주차장에 차를 대고 돌아온 주령은 교문에 몰려 있는 아이들을 보고 운동장을 가로질러 달려오고, 다른 선생님과 경찰 들은 들어가라고 소리치며 강제로 해산시킬 것처럼 아이들을 밀었다. 아이들은 막무가내로 교문에 붙어 움직이지 않으려고 했다.

아이들이 꼼짝을 않자 2학년 부장 선생님은 도하가 들고 있는 피켓을 뺏으려고 손을 뻗었다. 아이들이 도하를 중심으로 서 있는 것을 확인하고 문제의 진원지를 해결하려는 태세였다. 도하는 거친 손길을 피하기 위해 몸을 뒤로 빼며 무리로부터 빠져나왔다. 피켓을 뺏기지 않으려고 잡아채며 힘을 주었다.

그 순간, 발 뒤쪽에 뭔가가 걸리면서 도하의 몸이 뒤로 기울었다. 도하는 몸이 기울 때 주령 샘이 눈에 들어와 피켓을 주령 샘에게 던졌다. 피켓이 포물선을 그리며 날아갔다. 양팔을 앞으로 뻗었기 때문에 도하의 몸은 무방비 상태였다. 때마침 아이들이 거센 힘에 휩쓸리며 중간에 공간이 생기는 바람에 도하는 순식간에 완전히 뒤로 넘어갔다.

피켓을 던진 다음, 그다음이 생각나지 않았다. 뒤통수에 묵직한 통증이 일었고 사방이 뱅뱅 돌았다. 속이 울렁거려서 눈을 질끈 감았다. 아이들의 웅성거림은 벌떼가 몰려들어 자신을 공격하는 소리처럼 들렸다. 눈을 뜨면 수십, 수백 개의 눈이 도하를 향해 달려들었다. 눈앞이 혼미해졌다. 졸음이 몰려왔다.

누군가 도하의 이름을 부르며 가슴을 압박하는 것 같기도, 까만 옷을 입은 사람들이 하늘에서 내려와 손을 잡아끄는 것 같기도 했다. 끌려가지 않으려고 몸을 뒤로 빼려고 해도 그 사람들은 도하의 몸을 막무가내로 들어 올렸다. 그러다가 몸이 물속으로 가라앉는 거처럼 끊임없이 하강하는 느낌이 들었다.

사이렌 소리가 들리고 몸이 조금은 가벼워진 것도 같다가 어딘가로 덜컹거리며 실려 가는 것 같기도 했다. 알코올 냄새가 나고 귀에서는 이명이 끊임없이 이어졌으며 머리가 깨질 듯이 아팠다.

그러다 어딘가로 빨려 들어가는 기분이 들었다. 걷잡을 수 없는 힘이 가해져 도하는 안쪽으로 더욱 깊숙이 빠져들었다. 가까스로 눈을 떴을 때는 아무것도 보이지 않았다.

얼마나 지난 것일까. 어딘가에서 쑥 빠져나온 느낌이 들었다. 여전히 앞은 보이지 않았다. 그야말로 까만 어둠뿐이었다. 어둠을 인식하고 난 뒤 한참 후 희붐한 빛 속에서 박한상을 보았고, 그제야 도하는 제가 있는 곳이 틈새, 노닐다 앞이라는 걸 알았다.

틈새, 노닐다

선생님이 문안으로 들어갈 수 없다면 어디로 가야 하는 것일까. 숲으로 갈 수밖에 없다. 하지만 철문 앞에서 아무리 숲을 노려보아도 길이 보이지 않았다. 숲은 그야말로 빛 하나 들지 않는 완벽한 어둠뿐이었다. 나아가려고 해도 숲 너머에 무엇이 도사리고 있을지 몰라서 한 발짝도 내디딜 수 없었다. 어둠보다 더 까만 낭떠러지가 있을 수도, 늑대나 멧돼지 같은 들짐승이 있을지도, 혹은 뱀이 우글거리며 도사리고 있을지도 모른다는 두려움이 엄습했다. 보이지 않는다는 건 무수한 두려움을 상상하게 만들었다.

"왜 자꾸 숲 쪽을 살피니? 다시는 저쪽으로 가지 않을 거다."

박한상은 문살을 잡으며 한 발짝도 물러서지 않겠다는 의지를 보였다.

문밖과 문안의 차이가 빛과 어둠처럼 그 색이 확연히 다르다면, 해결책은 문안에 있을 것이다. 선생님을 또 혼자 두더라도 다시 잔디 광장으로 올라가 소리의 주인공을 찾아 물어보든 어떤 표지를 찾든 해야 할 것 같았다.

"선생님, 다시 한번 시도해 보실래요?"

"저 안에 뭔가 또 있지?"

"하여간, 선생님들 촉은 확실히 달라요, 그죠? 어떻게 아셨어요?"

"난 너희가 말할 때 0.1초의 머뭇거림만 있어도 뭘 숨기려는지 다 읽어 낼 수 있다. 그냥 모른 척하고 넘어갈 뿐이지. 일일이 지적했으면 너희는 숨도 못 쉬었을 거다, 아마."

선생님은 기세가 등등해졌다. 아이들 얘기만 하면 금세 기운이 나는 듯 생기가 돌았다.

"그건 알죠. 선생님 별명 또 있는 거 아세요?"

"대머리독수리? 밥상? 말고 뭐, 또 있다고?"

"밥상 앞에 '깐깐' 두 글자를 더 붙여요."

도하는 차마 제 입으로 그 별명을 말하기가 민망했다.

"깐깐 밥상?"

"하하하, 네. 깐깐도 부족해요. 아주 촘촘하신 분이죠."

박한상은 힘없이 웃었다. 밥상이 되었든 깐깐이 되었든 살아 있을 때 얘기였다.

"너희 입에서 밥상이라는 말을 들을 수 없다는 게 내가 이곳에서 느낀 가장 큰 절망감이었다. 방금 전에 네가 밥상 선생님, 하고 외치는 소리가 그렇게 기쁠 수가 없더구나. 그래서 눈물이 난 거다."

"선생님, 아까 뭘 놓친 건 아니냐고 하셨잖아요?"

"응, 그랬지. 그게 왜?"

"선생님 말씀대로 분명 놓친 게 있을 거예요. 그것 때문에 문안으로 들어가지 못하는 것일 수도 있어요."

"그래, 여기까지 날 오게 한 것도 분명 이유가 있을 테고, 여기서 저 안으로 못 들어가는 것도 이유가 있겠지. 그런데 그게 뭔지 모르겠다. 네가 뭔가 힌트라도 갖고 나올 줄 알았는데."

"환영의 문구가 있었어요. 어서 오세요, 여기는 당신만의 고유한 시간을 축적하는 곳입니다. 이 문구는 저도 처음 보는 거예요."

"당신만의 고유한 시간을 축적하는 곳이라……. 그 말은 시간을 더 쓸 수 있다는 말이지 않니? 저곳에서 시간을 쓰면 시간이 쌓인다는 뜻이고. 고유한 시간은 지난번 너와 함께 읽은 책에서도 언급된 적 있잖니? 개인만이 쌓을 수 있는 시간을 말하는 거였잖아. 그렇다면 나는 그럴 만한 자격을 아직 확보하지 못했기 때문에 들어갈 수 없는 거라는 얘기니?"

도하는 선생님의 상황을 생각해 보았다.

"선생님, 선생님의 장례는 아직 치러지지 않았어요. 선생님이 돌아가신 이유가 밝혀지기 전에는 사모님께서 장례를 치르지 않겠다고 하셨으니까요."

"그럼 지금 내 몸은 어디에 있는데?"

"병원 냉동고 속에요."

"어쩐지 춥더라."

선생님은 자신의 몸을 손바닥으로 비비며 어깨를 움츠렸다.

"그럼 장례를 치르지 않아서 못 들어가는 것일까?"

"그럼, 저는요? 저는 어떻게 된 걸까요?"

"그래, 그렇구나. 도무지 알 수가 없구나."

"사모님은 선생님이 스스로 목숨을 버리지 않았을 거라고 확신하고 계세요. 그건 저도, 주령 샘도 마찬가지고요. 그럼 저희도 놓친 게 있다는 거잖아요?"

산책 나간다고 한 사람이 싸늘한 주검으로 돌아왔다고 했다. 곽명후 선생님은 실족인지 투신인지 모른다고 증언했다.

"어떻게 된 건지 이젠 말씀해 주셔도 되잖아요."

"내 명이 거기까지라는 생각이 들었다. 내 죽음의 그림자는 시훈을 잃었을 때부터 드리워졌다. 그날, 내 인생이 끝났다는 생각이 들었다. 교장실에서 곽 선생과 고성이 오갔다. 시훈의 죽음으로 검찰과 교육청의 조사가 번갈아 이어지는데도 곽 선생은 입을 닫았다. 생활 지도부장인 내 책임도 분명히 있지만, 3학년 부장인 곽 선생도 그날 함께 교실을 돌았다. 나는 처음부터 유리창 청소를 반대했다. 유리창 청소까지 해야 환경 미화한 티가 난다고 한 사람은 곽 선생이었다. 곽 선생이 시훈에게 유리창 청소를 지시했는지는 알 수 없다. 곽 선생 본인과 시훈만 알겠지.

환경 미화와 대청소는 전적으로 내 담당이었으니, 일이 벌어졌을 때 책임의 무게는 내게 기울어지더라. 뒷짐 지고 철저히 관찰자로만 있는 교장 선생님이 처음으로 야속하다는 생각이 들었다. 교장 선생님은 두 사람 다 문제가 되면 교감 자리는 다른 사람에게 갈 수 있다며, 한 사람이라도 책임지는 모습을 보여야 한다고 했다. 교장 선생님은 곽 선생한테 마음이 가 있는 것 같았다. 교장 선생님 마음을 이해 못 하는 것도 아니다. 아무래도 재단과 관계가 매끄러운 곽 선생이 당신 입장에서도 좋겠지. 그런 사람들 앞에서 내가 무슨 할 말이 있겠니. 그 자리가 뭐라고, 어린 목숨 앞에서 그걸 저울질하는 모습이 비천해서 견딜 수가 없더구나.

그래서 교장실 문을 박차고 나오는데 문 앞에서 그만 시훈 어머니와 맞닥뜨리고 말았다. 시훈 어머니가 교장실에서 흘러나오는 얘기를 다 들었지 싶었다. 거죽만 남은 초췌한 얼굴로 나를 바라보는 시훈 어머니 얼굴을 보는 순간, 나 자신이 너무 싫었다. 내가 살아남기 위해 무슨 짓을 한 건가 하는 생각이 들었다. 시훈 어머니의 텅 빈 눈이 내내 잊히지 않았다."

"그러니까요, 그다음엔 어떻게 된 건데요? 산책하러 나가신다더니 등산을 가셨고, 그다음요."

"넌 날 위해 뭔가 할 수 있는 것처럼 말하는구나. 너도 지금 여기에 있는데."

"아이, 전 다르다니까요. 전 여기로 들어갈 수 있잖아요."

도하가 문안을 가리키며 힘주어 말하자, 박한상은 할 말이 없다는 듯 고개를 떨궜다.

"저, 저, 저기요?"

어디선가 가느다랗게 떨리는 여자 목소리가 들렸다. 도하는 이제 헛소리까지 들리나 싶었다. 두리번거리며 둘러보아도 숲 쪽은 까만 어둠뿐이었다.

"혹시 들으셨어요?"

도하는 고개를 늘어트린 박한상을 향해 물었다.

"이제 헛소리까지 들리는 모양이구나."

"여기요!"

좀 전보다 한 톤 올라간 목소리가 다시 들렸다. 도하와 박한상은 소스라치게 놀라며 소리 난 쪽을 돌아보았다. 여전히 보이는 건 아무것도 없다. 어둠에 잠긴 숲뿐이다. 잘못 들은 걸까?

"너도 들었지?"

"네, 선생님도 들으셨죠?"

"저기요, 여기예요."

또다시 까만 숲 쪽에서 소리가 들렸다. 도하는 철문 안쪽으로 뒷걸음질 쳤다. 두려움에 떠는 앳된 목소리였지만 소리만 들리고 형체가 없다는 것이 무서웠다. 형체가 보이고 소리는 들리는데 선생님을 잡을 수 없는 것과는 또 다른 두려움이었다. 선생님도 뒤로 물러섰지만, 강력하게 밀어내는 기운 때문에 철문 안쪽으로는 다가설 수 없었다.

"누, 누구세요?"

도하가 겁에 질린 목소리로 소리쳤다.

"제, 제가 안 보이나요? 전 두 분이 보이는데요."

어둠 속에서 목소리가 좀 더 크게 들렸다.

"어느 쪽에 계신데요?"

도하가 침착하게 물었다.

"바라보는 쪽에서 오른쪽이요."

도하는 고개를 돌려 숲 쪽을 찬찬히 훑듯 바라보았다. 작은 점 같은 빛이라도 보이지 않을까 해서였다. 도하와 박한상이 있는 곳은 구름에 달이 가려진 것처럼 희붐한 빛이 깔려 있기에 저쪽에서 볼 수 있을 것이다. 철문 안과 밖, 문 언저리와 숲 그리고 숲 바깥은 모두 다른 차원이 지배하고 있는 것 같았다. 한쪽에서 다른 한쪽으로 넘어가기 위해서는 통과 의례처럼 어떤 조건을 갖춰야만 하는 듯했다.

아무리 눈을 크게 뜨고 살펴봐도 아무도 보이지 않았다.

"좀 움직여 볼래요?"

도하가 목소리를 향해 다시 말했다.

"움직일 수가 없어요. 뭔가가 저를 붙들고 놓지를 않는 것 같아요."

"어디서요?"

박한상이 물었다.

"숲 쪽에서요."

박한상은 저벅저벅 숲을 향해 걸어갔다.

"내가 보이나요?"

박한상이 말했다.

"네, 보여요. 조금만 더 오시면 손에 닿을 수 있을 것 같아요."

"손을 내밀어 보세요."

"여기요."

박한상은 양손을 휘저으며 뭔가를 잡으려고 애썼지만, 그의 손에 잡히는 건 없었다.

"이상하네요. 분명히 손이 스쳤는데 느껴지지 않아요."

여자가 말했다.

"스쳤다고요? 아무 느낌이 없었던 건 나도 마찬가지입니다."

박한상이 말했다.

"저도 그 칠흑 같은 숲을 몇 날 며칠 헤맨 끝에 이곳에 도착했는데요, 종종 어딘가에 잡혀 꼼짝 못 할 때가 있었는데, 바로 나뭇가지에 옷이 걸렸을 때였어요."

도하의 눈에는 이제 박한상도 흐릿하게 어둠 속으로 스며드는 것처럼 보였다. 박한상은 어둠 속에 잠기며 숲을 향해 목소리를 톤위 말했다.

"아, 그런가요? 너무 무서워서 한 번도 뒤돌아본 적이 없어요. 제가 걸어온 뒤쪽은 너무 무서운 어둠뿐이었거든요. 비명 소리가 끝없이 이어지는 곳이었어요. 눈앞에 보이는 꺼질 듯한 흰빛을 따라 이곳까지 오게 된 거예요."

"괜찮으니까, 돌아보세요. 나를 붙잡고 있는 게 뭔지."

"아악!"

나뭇가지 부러지는 소리가 들리더니 여자가 공터 안으로 나뒹굴며 튀어 들어왔다. 박한상은 겁먹은 걸음걸이로 뒷걸음질 쳤다. 여자의 모습이 흐릿하게 보였다.

"나뭇가지였어요, 저를 붙잡고 있던 게. 감사합니다."

여자가 허리를 꺾으며 인사했다. 박한상과 도하는 엉거주춤한 상태에서 허리를 숙여 인사했다. 여자가 문 가까이, 좀 더 환한 곳으로 걸어왔다. 도하의 또래로 보였다.

"도하랑 친구 하면 되겠구나."

박한상이 도하를 보며 빙그레 웃었다.

"선생님, 여기까지 오게 된 과정이 전 전혀 달라요. 자꾸 묶지 마세요."

"그래, 네가 언제까지 부정하나 보자. 하하하."

"아이 참, 전 아니라니까요. 제가 선생님과 같은 처지였으면 좋겠어요?"

도하가 파르르 신경질 부리듯 말했다. 여자에게도 자신과 선생님은 처지가 다르다는 걸 알려 주고 싶은 마음이 컸다.

"아이, 아니다. 그럴 리가 있니. 그건 절대 아니다. 너를 돌려보낼 수 있다면 내가 무슨 수를 써서라도 돌려보낼 거다."

도하는 선생님의 말이 채 끝나기 전에 여자를 향해 돌아섰다.

"나는 이도하예요, 고2. 여긴 박한상 선생님."

"어머, 나도 고2, 진솔이에요."

진솔, 솔이, 솔아. 이름도 목소리만큼 예뻤다.

"여긴 어쩌다가……."

박한상이 진솔을 향해 조심스럽게 물었다. 숲에서 빠져나오기 전에 진솔이 헤맨 경로는 박한상과 비슷했다. 명멸하듯 흐릿한 빛을 따라 여기에 다다랐다고 했다.

진솔의 목소리가 낮게 깔렸다.

"처음엔 울며 헤매 다녔어요. 제 죽음을 받아들일 수가 없어서요. 인정할 수 없었죠. 얼마나 그렇게 다녔는지는 모르겠어요. 아무리 헤매도 까만 어둠뿐이었어요. 억울한 제 죽음의 이유보다 더 힘든 건 아무것도 보이지 않는 어둠이었어요. 죽음은 내가 무로 돌아가는 것이 아니라 나를 감싸고 있던 세계가 무로 돌아가는 것이 아닐까 하는 생각이 들 정도로요. 아무것도 존재하지 않는, 무로 돌아간 세계를 내가 끊임없이 인식해야 하는 것, 그게 지옥 아닐까요?

그렇게 헤매다가 잘 살펴보니 하얀빛이 꺼질 듯 꺼지지 않고 깜빡이는 게 보였어요. 그 빛은 제가 다가간 만큼 또 멀어졌어요. 빛이 사라지면 나도 사라질 것 같은 두려움이 일었어요. 어떻게든 그 빛을 잡아야 된다는 생각에 몸이 찔리고 옷이 찢기면서도 따라갔어요. 그러다가 여기에 다다랐고요. 그러자 두 분의 목소리를 들을 수 있었어요. 두 분의 존재가 믿기지 않아서 말 걸기 전에 한참 두 분을 지켜봤어요.

친구가 함께 죽자고 했을 때 저는 절대 그러고 싶지 않다고 했어요.

처음엔 그 친구의 고백이 그냥 하는 말인 줄 알았어요. 친구가 많이 실망하더군요. 같은 마음인 줄 알았다고 하면서. 그 친구를 좋아하긴 했지만 그런 감정은 아니었어요. 저는 그 친구 외에도 다른 친구들과도 잘 지냈어요. 그 친구를 좋아하는 마음과 같은 마음으로요.

어느 날, 그 친구는 그런 저를 보기 힘들다고 하더군요. 너와 노는 친구들을 보면 질투 때문에 온몸이 부들부들 떨려서 견딜 수가 없다고 했어요. 어떤 때는 저를 좋아하는 다른 아이들에게 살의를 느낀다고도 하더군요. 그 말에 놀라긴 했지만, 한편으로는 나를 이렇게 좋아해 주는 사람이 있다는 것에 행복감을 느끼기도 했어요.

하지만 시간이 지날수록 부담스러워졌어요. 그래서 설득했죠.

다 같이 좋은 친구로 지냈으면 좋겠다고, 내가 아무리 다른 친구들과 잘 지낸다고 하더라도 너는 나에게 가장 소중한 친구라고 했어요.

친구의 마음을 돌릴 수는 없었어요. 친구는 소유의 본능을 넘어 집착이 점점 심해지는 것 같았어요. 마음은, 사랑은 나눌 수 없는 거라고 하더군요. 유일해야만 사랑이라고 하면서요.

성적이 좋은 친구였어요. 비교하기는 좀 그렇지만, 저도 뭐, 그렇게 나쁘진 않았어요. 최상위가 아닐 뿐 어느 정도는 상위권이었어요. 그 무렵, 극 상위권이었던 친구의 성적이 떨어졌어요. 저도 마찬가지였고요. 그렇게 되면 학교나 집에서 주는 압박이 심해져요.

1등급만 받다가 2등급으로 떨어지는 과목이 나오면 그 아이들은 어떤 생각을 하는지 아세요? 막막해져요. 에너지를 다 쓴 것 같은데 결과가 제대로 나오지 않으니 어떻게 해야 할지 모르겠는 거예요. 지쳐요. 계속 이렇게 진이 빠지도록 살아야 존재로서 인정받게 되는 건가, 하는 생각이 들거든요. 한 템포도 늦출 수 없는 러닝머신 위에서 계속 달리고 있는 기분이에요. 질리죠. 심지어 숨을 쉬고 먹고 자는 것조차 공짜가 아니라는 생각이 들어요. 대가를 치러야만 이어지는 게 삶이라는 생각이 들기 시작하죠. 그다지 많이 살아보지도 않았으면서 벌써 피곤하다는 생각이 들어요. 지레 겁먹는 거죠. 그다음에는 불쑥불쑥 다 필요 없다, 더 이상 살고 싶지 않다, 그런 생각이 찾아와요. 그 친구는 유난히 그런 감정의 고저가 심했어요.

그 친구는, 유일한 휴식처가 저라고 했어요. 그런데 그 휴식처가 너무 불안하대요. 완벽하지 않대요. 그러면서 집착이 더 심해졌어요. 도피처처럼 저를 찾았어요. 좀 무섭기도 했어요. 아이들이 수군대기 시작했어요. 저까지 이상한 아이가 된 것 같아 그것도 좀 신경 쓰였어요.

그즈음 같이 죽자고 하더군요. 내가 왜? 라고 차갑게 대답했어요. 그게 끝이었어요. 친구는 그 이후 학교에 오지 않고 연락도 없었어요. 그 친구가 보이지 않자 마음이 오히려 편안해지는 것 같았어요. 불안의 요소가 제거된 것처럼요.

그런데 어느 날, 문자가 왔어요.

[안녕,
너에게 안녕을 고한다.
잘 있거라, 나의 수많은 별들의 밤이여.
넌 내 유일한 별빛이었다.]

문자를 보고 알았죠. 친구가 위험하다는 것을요. 함께 별을 보러 가던 오래된 폐건물 옥상이 떠올랐어요. 거기로 달려갔죠. 제 예감이 맞았어요. 난간 밖으로 발을 내리고 앉은 친구의 등이 보였어요. 그날따라 별빛이 없는 흐린 날이었어요. 그날 밤, 별이 있었다면 우리 둘은 살았을까요? 아니면 하늘의 별보다 불빛이 휘황한 발아래 도시를 보았다면 살았을까요? 미래는 왜 그렇게 아득히 멀고 불확실할까요? 쉼 없이 움직이는 도로의 불빛만 보아도 숨이 막혔어요. 저 대열에 낄 수 없을 것 같다는 불안감이 먼저 찾아왔어요. 친구는 사는 게 너무 뻔하다고 하더군요. 재미없다고 했어요.

저는 왜 위험하게 난간에 앉아 있냐고 친구의 등에 대고 말했어요. 그러자 친구는 다리를 난간 안쪽으로 돌려 저를 향해 고쳐 앉더군요. 그를 떠받치고 있는 건 10센티미터 정도의 콘크리트 난간이 전부였어요. 친구의 등 뒤에 비어 있는 허공은 그야말로 망망한 바다였어요.

올 줄 알았다고 하더군요. 그러면서 같이 죽을 게 아니면 가까이 오지 말라고 했어요. 전 무서워서 그 친구 근처에는 가지도 못했는데도요.

'너 때문이 아니야, 알지?'

친구가 따스하고 정다운 목소리로 말했어요. 위험하니까 내려와서 얘기하자고 해도 꿈쩍하지 않았어요.

'걱정하지 마. 난 천사가 될 거야. 그래서 괜찮아. 어깻죽지에서 날개가 나와 나를 날게 해 줄 거야.'

영원한 자유를 얻을 거라고 하더군요. 구속으로부터 벗어나는 길은 이 방법밖에 없다고 했어요. 동의하면 저보고 자기 손을 잡으라는 거예요. 무서웠어요. 그렇지만 친구의 손만 잡아채면 살릴 수 있겠다는 생각이 들었어요. 손을 잡으면 난간 안쪽으로 끌어내릴 수 있겠다고 생각했죠.

착각이었죠. 계산 착오였어요. 죽고 싶다는 힘이, 살려야 한다는 힘보다 더 세다는 것을 생각했어야 했어요. 결정적으로 친구의 몸무게가 저보다 많이 나간다는 것을 계산하지 못했죠. 제 손이 그 친구의 손에 닿자 친구는 몸을 뒤로 젖혔어요. 마치 허공에 편안히 눕는 것처럼 두 눈을 감고요. 제가 손잡기를 기다린 것처럼요.

그 순간, 손끝에 힘을 실어 잡아당겼지만 제 몸은 아주 가볍게 난간을 넘어 허공으로 떠올랐어요. 깃털처럼 너무나 쉽게 들렸어요. 힘이라는 걸 써 볼 새도 없이요. 친구는 제 손아귀를 당차게 잡고 놓지 않았어요. 무슨 생각으로 그랬는지는 모르겠어요. 살고 싶어서 그랬던 건지, 아님 함께 죽고 싶어서 그랬던 건지.

몸이 바닥에 부딪혀 터지는 것 같았어요. 아주 짧은 순간이었죠. 심장은 멈추었지만 주변 소리가 들렸고, 거센 물결에 휩쓸려 제가 어디론가 흘러가는 것이 느껴졌어요.

그 후엔 어둠뿐이었어요.

엄마에게 말해 주고 싶어요.

'엄마, 난 절대로 죽고 싶지 않았어요. 내가 하고 싶은 게 얼마나 많은 욕심쟁이인데. 그 많은 시간을 두고 내가 그런 선택을 했으리라고는 믿지 말아 줘. 다른 사람은 몰라도 엄마는 알 거야.'

이 말을 꼭 전하고 싶었는데 방법이 없네요. 엄마의 꿈속이라도 찾아가 얘기하고 싶지만, 여기까지 오는 동안 한 번도 잠을 잔 적이 없어요."

진솔이 말을 마치자 침묵이 흘렀다. 너무 어이가 없으면 말이 안 나온다더니, 도하도 박한상도 긴 숨을 뱉을 뿐 어떤 말도 잇지 못했다. 한참 뒤 박한상이 입을 열었다.

"나도 그랬다. 잠이 들지 않더구나. 계속 깨어 있게 하여 고통을 주려는 것 같았다. 한시도 공포에서 벗어나지 못하게 하려는 것처럼."

"그럼 사고라는 얘기네요?"

도하가 낮은 목소리로 진솔에게 물었다.

"네, 맞아요, 사고예요."

"손 내밀어 볼래요?"

도하가 말했다.

"손은 왜요?"

진솔은 반문하면서 손을 내밀었다. 도하는 진솔의 손을 잡으려 했다. 역시 잡히지 않았다. 선생님의 손을 잡으려고 했을 때와 같았다.

도하는 철문을 밀어 문을 활짝 열었다. 그런 다음 손을 내밀어 진솔에게 들어오라는 시늉을 했다.

"여긴 어디죠?"

진솔이 주위를 두리번거리며 물었다.

"일단 문안으로 발을 들여놔 볼래요?"

진솔이 미심쩍은 눈으로 도하를 살피며 발을 들었다. 진솔의 발은 아무렇지 않게 들렸다. 아주 가붓하게 문턱을 넘어섰다. 도하는 반갑기도 신기하기도 놀랍기도 한 표정으로 진솔의 얼굴과 발을 번갈아 보았다. 박한상은 문안으로 들인 진솔의 발을 믿을 수 없다는 눈빛으로 바라보았다. 눈망울이 쏟아질 듯 커졌다.

도하는 선생님을 보며 생각했다.

'진솔은 이렇게 가볍게 들어올 수 있는 곳을, 선생님은 도대체 무엇 때문에 들어오지 못하는 걸까.'

"선생님, 다시 해 보세요."

박한상은 문안으로 들어간 진솔의 발과 도하의 얼굴을 계속 번갈아 보며 믿을 수 없다는 눈빛을 거두지 못했다. 그러고는 고개를 저었다.

"안 돼, 그쪽으로 몸만 기울여도 강력한 것이 나를 밀어내. 아까처럼 내 발은 더 이상 여기서 한 발짝도 내디딜 수 없게 바닥에 붙은 것 같아."

"이상하네요, 무엇 때문일까요?"

진솔은 두 사람의 말이 무슨 의미인지 몰라 어리둥절한 표정이었지만 그것도 잠시, 곧 진솔의 신경은 온통 언덕 위로 향했다.

"여기가 어디야?"

진솔은 호기심 가득한 목소리로 도하에게 자연스럽게 말을 놓았다. 그러지 않아도 말을 놓자고 하려던 참이었는데.

진솔은 대문 밖 상황은 아랑곳없이 씩씩하게 앞장서 걸었다. 선생님은 지뢰라도 밟은 양 그 자리에서 옴짝달싹 못 했다.

"도, 도하야. 나만 두고 가지 마, 제발. 혼자 있으면 무섭단 말이야."

선생님은 거의 울 것 같은 목소리로 애원했다. 하지만 도하는 진솔에게 자꾸 마음이 쏠렸다. 진솔이 하는 말, 행동, 표정, 눈빛 하나하나가 강한 인상을 주어 저절로 눈길이 갔다.

"하여간 겁도 없네. 야, 거기가 어딘 줄 알고 가?"

도하가 진솔을 향해 소리쳤다.

"빛이 여기까지 나를 이끌었으니 이 언덕길이 내가 올라야 할 곳 아닐까?"

진솔의 맑은 목소리가 아스라하게 멀어졌다. 도하가 뭐라고 대답할 새도 없이 진솔은 언덕 끝으로 향했다. 쌓인 낙엽에 미끄러지지도 않으면서 아주 가붓하게 언덕길을 올랐다.

"선생님, 잠깐만요. 다시 올라가서 살펴보고 올게요. 답은 저 위쪽에 있는 것 같긴 해요."

도하는 선생님의 대답도 듣지 않고 진솔을 향해 뛰었다. 도하의 발은 진솔과 다르게 여전히 낙엽 위에서 쭉쭉 미끄러졌다.

진솔은 잔디 광장에 다다르자 고개를 젖히며 햇볕을 받았다. 눈을 감고 그 자리에서 뱅글뱅글 돌며 숨을 한껏 들이켰다. 바람을 맛있게 먹는 것처럼 보였다. 그런 다음 양팔을 벌리고 나폴나폴 나비처럼 잔디밭을 디뎠다. 진솔은 바람과 햇볕과 풀내음과 꽃향기를 온몸으로 느끼려는 듯 가슴을 내밀며 숨을 들이쉬었다. 눈을 지그시 감은 채. 그 모습이 마치 하늘을 향해 비상을 준비하는 한 마리 새처럼 보였다.

"야, 곧 날아오르겠다."

"우아, 여긴 도대체 어디야? 왜 이렇게 좋아? 이게 무슨 향이야? 혹시 여기가 천국이니?"

진솔은 도하를 향해 쉴 새 없이 물었다. 그런 다음 빗방울처럼 통통 튀며 잔디밭을 거닐었다. 까만 어둠 속을 헤맸을 때의 두려웠던 시간을 보상받고 싶은 것처럼 바람을 한껏 들이마시며 틈새, 노닐다에 젖어 들었다.

"숲속을 헤맬 때 얼마나 두려웠는지 몰라. 한 치 앞도 볼 수 없는 까만 어둠 속에서 멀리 보이는 흰빛이 유일한 방향이었어. 여기에 이렇게 환한 세상이 있을 줄 몰랐네."

진솔은 감정이 뭉클하게 올라오는지 벅찬 목소리로 말했다.

"혹시 말이야, 이런 거 물어봐도 되는지 모르겠다."

도하는 목구멍까지 치고 올라온 물음을 해결하기 위해 머뭇거리며 말했다.

"말을 꺼냈으면 해야지. 물어보겠다는 거잖아."

"같이 떨어진 친구는 어떻게 됐을까?"

"아주 간발의 차겠지만 나보다 먼저 떨어졌을 거야."

"아, 미안. 너한테는 무척 잔인한 순간이었을 텐데."

"뭐 어쩌겠어. 나는 이미 여기 와 있잖아. 괜찮아. 까만 숲을 감싸고 있는 더 까만 어둠이 있어. 내가 거기로 안 간 것만으로도 감사해. 거긴 바늘구멍만 한 빛도 없어. 바닥도 없어. 끝없이 떨어지는 것만 있는 것 같았어. 수많은 비명 소리가 시간차를 두고 뒤섞인 채 등 뒤에서 들렸으니까. 그 소리는 점점 더 멀어지고, 곧이어 또 새로운 비명 소리가 들리고, 멀어지고. 그 친구는 그곳으로 떨어진 것 같아. 영원히 떨어지고 있는 낭떠러지 같았어. 비명이 끝간 데 없이 계속 이어지고 있었으니까. 거기가 지옥이지 않을까 생각했어. 날 여기까지 오게 한 건 뒤에서 들리던 비명 소리인지도 몰라. 그것으로부터 최대한 빨리 멀어지고 싶었으니까."

"그럼 네가 여기로 온 건 사고였기 때문일 거야. 네 의지, 살고 싶은 강력한 의지가 너를 여기로 데려온 것 아닐까?"

"그래, 난 살고 싶었어. 떨어지는 순간에도 '이건 아니야'라는 말을 수없이 뇌까렸으니까. 난 정말 하고 싶은 게 많아서 괴로울 정도였어. 시간은 없지, 하라는 건 많지. 그래서 하고 싶은 것은 죄다 뒤로 미루면서 살아왔는데 이렇게 되어 버렸어. 난 나의 스무 살, 서른 살, 마흔 살을 얼마나 기대했는지 몰라."

도하는 선생님과 진솔의 상황이 뭐가 다른지 생각해 보았다.

진솔은 계속해서 맨발로 잔디 광장을 사뿐사뿐 걸었다. 그러다 어느 한 곳에서 발길을 멈추었다.

"어, 설마. 저거 내 이름 맞지?"

진솔이 가리키는 손끝에 두 글자가 또렷하게 보였다. 2층 처마 아래에 명패가 있고, 방문에는 환영의 문구가 홀로그램처럼 빛을 내며 흘러가다가 사라졌다가 다시 나타나곤 했다.

어서 오세요,

여기는 당신만의

고유한 시간을 축적하는 곳입니다.

진솔에게 방이 생기다니. 그러고 보니 방마다 명패가 있는데 이름이 쓰여 있지 않은 곳도 있다.

도하는 돌아다니며 각 방에 붙은 명패를 확인했다. 도하와 선생님의 방도 어딘가에 있을 것 같았다. 그런데 아무리 둘러보아도 없다. 도하가 이곳의 주인이라 없는 것일까. 아니면 이곳에 자신의 자리가 없다는 것인가.

선생님의 방도 마찬가지였다. 문안으로 들어오지도 못한 사람의 방을 준비해 놓을 리 없을 것이다. 어째서 선생님은 이곳으로 들어오지 못하는 것일까. 뭘 놓친 것일까. 거의 울 것 같던 선생님 목소리가 들리는 듯했다. 겁에 질려 떠는 선생님의 모습이 낯설었다. 도하에게는 항상 큰 산처럼 든든한 분이었는데.

도하와 진솔, 선생님은 여기에 이르게 된 상황이 각기 다르다. 그 상황을 잘 돌이켜 보면 그 안에 답이 있을지도 모른다는 생각이 들었다.

"일단 내려가자. 어떻게든 선생님도 모셔 와야 하고."

도하는 여기저기 둘러보느라 정신없는 진솔에게 말했다.

"다녀와, 난 여기 있을 거야. 문밖 축축한 공기도 너무 싫고 삼킬 듯이 노려보는 까만 어둠은 더 싫어. 다시는 그쪽으로 가고 싶지 않아. 그런데 그 선생님이라는 분은 왜 못 들어오는 거지?"

"나도 몰라. 지금 답을 찾고 있는 중이야."

"가 봐, 아까 잔뜩 겁에 질려 계시던데."

"진짜 여기 있겠다고? 혼자?"

진솔은 이곳 분위기가 무척 마음에 드는 모양이다. 마치 있어야 할 곳에 다다라 한껏 즐기는 것처럼 보였다. 대문 밖 숲을 생각하면 내려가고 싶지 않을 것이다. 그건 도하도 마찬가지다. 도하도 저 아래를 향해서는 눈길도 주고 싶지 않았다. 그곳은 완벽한 어둠만이 존재하며 어떤 희망도 가져서는 안 된다고 을러대는 것 같았다.

빛이 없다는 건 사물이 존재하지 않는다는 뜻이다. 아까 진솔의 말처럼 이 말이 빛이 있기 때문에 사물이 존재한다는 말과 같다면, 어둠 속에서는 존재가 존재로 인정되지 않는다는 뜻이 될 것이다. 그러니 선생님이 문안으로 들어오지 못한다면 어둠에 녹아 버려 숲을 떠돌게 될지도 모른다. 그렇게 숲을 헤매다가 결국엔 계속 떨어지는 낭떠러지로 가게 될 수도 있다. 도하는 어떻게든 그것만은 피하게 해 드리고 싶었다.

"응. 혼자 있어도 혼자가 아닐 것 같은 기분이 드는데?"

"겁도 없다."

"내가 여기서 더 겁날 게 뭐 있냐?"

진솔은 어떤 두려움도 없어 보였다. 도하가 처음 올라왔을 때 들은 웃음소리와 낮은 피아노 소리는 들리지 않았다. 차마 2층으로 올라서지 못하고 밖으로 나왔을 때 등골에 느껴진 서늘함은 무엇 때문이었는지 모르겠다. 혼자라는 것에 대한 공포감, 소리는 들리는데 보이지는 않는 것에 대한 두려움이었을까. 할아버지와 함께했던 공간이 이렇게 낯설게 느껴지다니. 이곳은 완전히 새로운 공간이 된 것 같았다.

노란 햇볕과 싱그럽게 피어난 정원의 꽃들과 그 꽃 위를 염탐하듯 쉴 새 없이 팔랑거리는 하얀 나비, 코끝을 맴도는 은은한 향기는 자꾸만 여기저기를 홀린 것처럼 둘러보게 만들었다. 산책하듯 천천히 걸으며 이곳 분위기에 저절로 젖어 들었다. 진솔이 언덕 아래로 내려가고 싶지 않은 이유는 아마 열 가지도 넘을 것이다.

도하는 진솔을 향해 말했다.

"부탁이 있어. 이곳을 찬찬히 둘러보면서 발견한 것을 이따가 내게 알려 줘야 해. 되도록 많은 것을 알아내면 더 좋고."

진솔은 가볍게 고개를 끄덕인 뒤 콧노래까지 흥얼거리며 정원에 피어난 튤립에 코를 박고 냄새를 맡았다.

"빨간 튤립에서는 향수 같은 진한 향이 나는데 왜 노란 튤립에서는 은은한 풀 향이 나지? 너도 맡아 봐."

진솔은 돌아서는 도하의 소매를 잡아끌려고 했지만 잡히지 않았다.

"어머, 이 모란꽃은 흰색 플레어 치마를 늘어트린 것처럼 너풀거리네."

진솔의 얼굴이 흰 모란꽃에 푹 파묻혔다. 활짝 핀 모란꽃 주변에 벌들이 쉴 새 없이 날아다니고 있는데도 진솔은 아랑곳하지 않았다.

"내 말 들었지? 아주 중요한 문제야."

"걱정하지 마, 잘 알아들었어. 내가 이래 봬도 호기심 대마왕이야."

도하는 자기와는 다른 진솔을 신기하게 바라보았다. 표정이 저렇게 달라지다니. 할아버지가 살던 곳이었고 도하의 유년 시절 추억이 깃든 곳인데도 마치 진솔이 주인 같았다. 틈새, 노닐다는 아예 딴 세상처럼 보였다.

진솔을 보며 도하는 어떻게든 선생님을 문안으로 데려와야겠
다는 생각이 들었다. 모란꽃의 그림자가 더 길게 눕기 전에.

유서

"아직도 의식이 돌아오지 않았나요?"

사모님이 주령에게 물었다. 그러고는 도하의 머리에 둘러진 하얀 붕대와 주렁주렁 매달린 링거 팩을 안타깝게 바라보았다. 바이털 체크기에는 도하의 맥박과 혈압이 깜빡거렸다.

"어쩌면 좋아요. 미안해서 어떻게 해요."

사모님은 울음이 나오는 입을 두 손으로 감싸며 말했다.

"절대 사모님 탓이 아니에요. 그렇게 생각하시면 안 돼요, 아시죠?"

"어떻게 그래요. 벌써 며칠쩬데요."

"곧 돌아올 거예요. 의사 선생님도 양성 코마, 그러니까 일시적인 쇼크라고 했으니 시간을 두고 지켜봐야 할 것 같아요. 도하가 그간의 상황이 몹시 힘들었나 봐요. 심리적으로 힘들면 기절하거나 회피성 코마 상태가 되는 경우도 있다던데, 지금 도하가 그런 모양이에요. 신체 리듬은 정상이라고 했으니 기다려 봐야죠."

"제 잘못이에요. 말렸어야 했는데."

사모님은 도하에게서 사뭇 눈을 떼지 못했다.

"제 잘못이 더 커요. 더 만류했어야 했는데."

주령이 누워 있는 도하를 바라보며 말했다.

"선생님께도 뭐라 드릴 말씀이……. 학교에서 입장이 곤란해지실 텐데도 나서 주셨는데…… 도하까지 이렇게 되었으니."

사모님이 주령의 두 손을 힘주어 잡으며 말했다.

"도하가 고집을 꺾지 않은 건 가만히 있는 게 더 힘들었기 때문이었어요. 저도 마찬가지였고요."

"저한테는 도하와 선생님이 너무 고맙지만……,"

"별말씀을요. 도하가 그러더군요. 박 선생님이 선생님 중 유일하게 대화가 통하는 분이었대요. 학교에서도 궂은일을 도맡아 하신 분이고요. 그만큼 아이들에게 애정이 넘치던 분이죠. 저도 박 선생님께 신세를 많이 졌어요. 도움을 요청하면 언제든 나타나는 분이 박 선생님이었어요. 이곳에 발령 난 지 얼마 안 됐을 때, 분노 발작이 일어난 아이를 어쩌지 못해 쩔쩔매는데 제일 먼저 와 준 분도 박 선생님이었어요."

사모님은 창밖으로 멀리 하늘을 올려다보다 다시 도하를 보며 말했다.

"제 생각만 했어요. 아이들 생각도 했어야 했는데. 연이어 이런 일이 벌어지니⋯⋯. 왜 안 힘들었겠어요. 처음엔 아이들이 야속했어요. 이런 아이들을 위해 평생을 살아온 이 양반이 정말 바보 같았어요. 혼자서 내내 짝사랑만 하다가 가 버렸다는 생각에 억울하다는 생각이 들었어요."

주령은 말없이 고개를 끄덕거렸다. 감히 이해한다는 말을 할 수 없었다. 이 참담함 앞에 무슨 말을 붙일 수 있을까.

"도하 머리에 두른 붕대는 뭔가요?"

사모님이 물었다.

"넘어지면서 뒤통수 쪽이 약간 찢어졌어요. 피도 많이 났고요. 의사 선생님은 오히려 피가 난 게 천만다행이래요."

"미안해서 어째요. 도하 부모님은요?"

사모님이 병실 안을 두리번거리며 물었다.

"잠깐 집에요. 챙겨 올 게 있다면서요."

"말씀 드릴 게 있어요."

사모님이 주령을 올려다보며 말했다.

"여기서 말씀하셔도 될 것 같아요. 도하 곁을 비울 수 없거든요. 도하 어머님이 절대로 도하를 다른 사람과 있게 하면 안 된다고 제게 단단히 부탁했어요."

"네네, 그럼요. 눈 떼지 말고 지켜봐야죠."

"특히 도하 삼촌이라는 사람이 찾아오면 단둘이 있게 하지 말라고 하셨어요."

"왜죠?"

"모르겠어요."

"이 상황에서 말씀 드리는 게 제 입장만 생각하는 것 같아 죄송합니다만, 이 말은 도하가 의식이 돌아오면 들려 주고 싶은 말이기도 해요."

주령은 도무지 짐작되는 게 없어서 대답도 잊은 채 기다렸다.

사모님은 마른입에 물을 축인 뒤 말했다.

"시훈 엄마를 만났어요."

주령은 사모님 입에서 '시훈 엄마'라는 말이 나오리라고는 전혀 예상치 못했다. 시훈의 일은 벌써 반년 가까이 지났고, 박한상 선생님의 죽음이 시훈의 일과 관련되었다 하더라도 시훈 엄마가 사모님을 찾아가리라고는 생각하지 못했다.

"무슨 일로요?"

"장례식을 치르지 않아서 장례식장으로 찾아갈 수도 없었는데, 제가 학교 앞에서 시위한다는 소식을 듣고 도저히 그냥 있을 수 없어서 찾아왔다고 하더군요."

마음이 쓰일 수는 있지만 직접 만나러 오는 것은 또 다른 용기가 필요했으리라는 생각이 들었다. 시훈 엄마가 그런 마음으로 사모님을 찾아왔다는 게 그저 놀라울 뿐이다. 주령은 숨을 삼키며 다음 말을 기다렸다.

"유서를 발견했대요."

"유서요? 누, 누구 유서요?"

주령은 전기가 흐르는 것처럼 뒷덜미가 찌르르했다.

"시훈이요."

"세상에! 어쩜 좋아요."

주령은 자기도 모르게 비명처럼 터져 나오는 목소리에 입을 가
리며 소리를 낮춰 말했다. 도하의 귀가 열려 있을지도 모른다. 깊
은 잠을 자는 것 같은 도하의 고요한 얼굴을 바라보며 또 한 번 침
을 삼켰다.

사모님은 생각보다 침착했다.

"얼마 전에 발견했대요. 시훈이 그렇게 되고 나서 한동안 방에
들어가지 못했다고 해요."

사모님이 담담하게 말했다. 주령은 떨리는 손으로 사모님의 손
을 잡았다. 사모님의 심정이 어떨지 감히 헤아릴 수조차 없었다.
사모님이 괜찮다는 눈빛으로 주령의 손을 토닥였다. 주령은 눈물
이 났다. 누구의 책임이라고 탓할 수 없었던 그간의 상황과 잇따
른 죽음. 그 앞에 무슨 말을 덧붙일 수 있을까. 사모님이 시훈의
유서가 발견됐다는 소식에 기뻐할 수 없듯이.

"남편이 살아서 들었으면 오히려 참담한 심정이었을 거예요."

주령은 말없이 고개를 끄덕였다.

"시훈 어머니요, 유서를 발견했다 하더라도 밝히는 게 쉽지 않

왔을 텐데요."

죽음은 산 자의 몫이라는 말이 떠올랐다. 남아 있는 자에게 상대의 죽음은 살아 있는 내내 아픔이며 상처이다. 남은 자의 목숨이 다하는 날까지.

"처음부터 그런 결정을 내린 건 아니었겠죠. 그러니 이제야 찾아온 걸 거고요. 며칠 만이라도 일찍 만나러 왔다면 그 양반, 지금 살아 있을 수도 있어요."

사모님은 최대한 감정을 누르며 말했다.

"이를 어째요, 언제 발견했다는데요?"

"그 양반 살아 있을 때 얘기인 것 같아요. 정확하게 밝히진 않았지만, 제 느낌에는 그래요. 연신 죄송하다고 말하는 거 보면. 시훈이 그렇게 되고 나서 그 양반이 얼마나 고통을 겪었는지 모르진 않는 것 같았어요."

사모님은 또다시 감정이 북받쳐 오르는지 바들바들 떠는 손으로 입술을 눌렀다.

"혹시 유서를 보여 주던가요?"

"아뇨. 대신 꼭 전해야 할 말이 있다더군요."

"정말 시훈의 죽음이 박 선생님과 관련이 있나요?"

"아니에요, 그 반대였어요."

주령은 심장이 툭 내려앉았다.

"반대라니요?"

"박한상 선생님 덕분에 세상에서 가장 맛있는 아침밥을 먹었다고, 고맙다는 말을 꼭 전해 달라고……."

사모님은 더 이상 말을 잇지 못했다. 주령은 말없이 사모님의 어깨를 안았다. 사모님은 말하는 것조차 힘겨워 보일 정도로 어깨를 떨면서도 말을 이었다.

"아침밥 얘기를 하다가 시훈 엄마가 막 우는 거예요. 바빠서 제대로 챙겨 준 적이 없었대요. 시훈이도 그런 제 엄마를 위해서인지 아침밥보다는 잠을 더 자겠다고 해서 그런 줄 알았는데, 그게 아니었던 모양이라고 하더군요."

"고마운 마음을 표현할 줄 아는 아이가 어떻게 그렇게 모진 마음을 먹을 수 있었을까요? 대체 왜 그랬대요? 정말 착한 아이였는데……."

주령이 시훈을 원망하듯 격한 감정을 누르지 못하고 울먹이는 목소리로 말했다.

"자세하게 밝히진 않았어요. 분명한 이유를 말할 수 없는 것 같기도 했고요."

주령은 힘이 쭉 빠졌다. 이유를 모르면 남은 사람들이 그 죽음을 받아들이지 못한다는 걸 시훈 어머니도 모르지 않을 텐데.

"왜, 이제야 그 얘기를 하냐고 했어요. 좀 매몰차게 들릴지 모르지만, 유서가 있는 것만 알았어도 일이 이렇게까지 되지는 않았겠지요."

사모님은 고요히 누워 있는 도하의 얼굴을 다시 바라보며 말을 이었다.

"그 얘기는 하더군요. 시훈이가 너무 착했대요. 너무 착해서 별일 없는 줄 알았다고."

"하, 아이들을 어떻게 대해야 할지 모르겠어요. 정말 조용한 아이들은 말 한 번 나누지 않고 3년이 지나가는 경우가 많아요. 하지만 그렇게 소리 없이 얌전하거나 말썽 한번 피우지 않는다고 다 잘 지내는 것은 아니거든요. 유달리 면역력이 약한 아이들이 있어요. 아직 약할 때이기도 하지만, 부딪히며 힘을 길러야 되는데 그럴 새도 없이 한곳에 잡아 놓고만 있는 것 같아, 이게 아닌 것 같다는 생각을 많이 하게 돼요. 하나하나 특별하게 봐야 하는데 좁은 통 안에 몰아넣고 그 안에서 어떻게든 살아남으라고 하는 것만 같아서요. 그게 저도 많이 힘드네요."

"시훈 엄마는 유서가 발견되었다는 것을 공개하지 않았으면 좋겠다고 하더군요. 그게 나를 찾아온 조건이래요."

"용기를 내 주신 건 고맙지만……. 그래서 뭐라고 하셨어요?"

"그럴 수 없다고 했어요. 남편의 명예가 걸린 일이에요. 평생 교직에 몸담은 대가가 이렇게 처참한 죽음으로 마무리되는 건 아니잖아요. 저도 남편의 명예를 지켜 주고 싶어요. 시훈의 죽음을 자살로 받아들이고 싶지 않은 마음과 사실은 다른 거죠. 그 일로 한 사람이 죽었어요. 도하는 이렇게 다쳐 누워 있고요. 진실을 숨기면 안 되죠."

주령은 또 한 번의 파장이 오리라는 생각이 들었다. 이 균열은 어디에서 멈추게 될까. 끝이 있긴 있나. 한 사람의 죽음은 그를 기억하는 모든 사람의 기억 속에 끝끝내 상처로 남기에, 이 파장은 오랫동안 지속될 것이다.

"시훈 엄마가 마지막으로 그러더군요. 미리 써 놓은 유언장 같은 게 아닐까, 하는 생각도 해 보았대요. 시훈의 죽음을 사고로 믿고 싶은 거겠죠?"

'미리 써 놓은 유언장'이라는 말에 주령의 심장이 쿵, 내려앉았다. 아주 가능성이 없진 않아서였다. 유언장 작성하기는 독후 활동으로도 어렵지 않게 하는 프로그램이기 때문이다.

생각에 빠져 있는 주령에게 사모님이 이어 말을 건넸다.

"아무래도 그게 걸려요. 미리 써 놓은 유언장이라는 게 맞는지. 시훈 엄마도 반신반의하는 것 같고요. 선생님께서 시훈 엄마를 한번 만나 보면 어때요?"

"제가요?"

주령은 화들짝 놀라며 되물었다. 시훈의 장례식 때 시훈 엄마와 눈이라도 마주치면 어쩌나 싶어서 일부러 눈길을 피했다. 차마 눈을 마주칠 수 없을 정도로 자식 잃은 어미의 심정을 마주 대할 용기가 나지 않았기 때문이다.

"너무 위태로워 보였어요. 유서 발견 후 자책이 심한 것 같기도 했고요. 시훈이 죽었을 때 자기는 끝났다는 말이 제 목에 가시처럼 걸려 있네요."

"저를 만나 줄까요?"

주령이 조심스럽게 물었다.

"제가 전화해 놓을게요."

사모님이 전한 시훈 엄마의 말이 주령의 가슴에도 박힌 채 떠나지 않았다.

주령이 "따뜻한 차 한잔하고 싶어서요"라고 조심스럽게 전화를 하자, 뜻밖에도 시훈 엄마는 선뜻 알겠다고 했다.

"자식 잃은 엄마는 주변 사람들도 다 떠나는 것 같아요. 눈길조차 마주치는 걸 피하죠."

주령이 시훈 엄마를 마주했을 때 처음으로 들은 말이다. 주령은 자신을 두고 하는 말 같아 말없이 고개를 숙였다.

"박 선생님 사모님이 시훈이 얘기를 좀 더 들어 보면 어떻겠냐고 해서요."

"정말 착했어요."

주령은 더 이상 붙일 말이 없었다. 아니, 더 아는 게 없었다. 시훈이 특별히 눈에 띄거나 거슬리게 한 적이 없었으니까. 주령은 시훈이 착하다고 안심하며 한쪽으로 미뤄 놓은 파일 다루듯 한 것 같았다.

"시훈이 초등학교 4학년 때 애 아빠가 사고로 떠났어요. 제 힘겨움도 감당이 안 돼 시훈이를 제대로 보지 못했어요. 어릴 때부터 유독 눈물이 많은 섬세한 아이였는데. 이걸 읽으면 읽을수록 제가 아이를 너무 몰랐다는 생각이 들어요."

시훈 엄마는 탁자 위에 종이 한 장을 올려놓았다. 그의 손끝은 사뭇 파들거렸다.

언젠가 지구는 망할 것이다.
우린 모두 죽는다.
내가 사라진다 해도 세상은 모를 것이다.
살고 싶다, 살고 싶다, 살고 싶다…….

주령은 시훈의 유서를 내려놓고 두 손에 얼굴을 묻었다. 얼마나 죽음의 유혹이 강렬했으면 이렇게 주문처럼 살고 싶다고 외쳤을까. 시훈의 어리고 푸른 가슴이 떠올라 훅, 울음이 올라왔다.

주령은 눈물이 비어져 나오는 눈가를 꾹꾹 눌렀다. 고작 몇 방울의 눈물로 슬픔의 무게를 보이는 것 같아 그것마저도 조심스러웠다. 시훈이 우울의 늪에서 시퍼렇게 멍든 가슴으로 견딘 것을 아무도 몰랐다니. 가까운 사람 앞에서는 더욱 단단하게 가면을 썼을지도 모르겠다는 생각이 들었다.

박 선생님의 아침밥 얘기가 있으니 가상으로 쓴 유언장은 아닌 것 같았다.

　주령은 아직 식지 않은 찻잔을 밀어 시훈 엄마에게 권했다.

　"차가 아직 따뜻해요, 한 모금이라도 드세요."

　"시훈이에게 따뜻한 아침밥 먹여 준 선생님께 도리가 아닌 것 같아서요. 그래서 가지고 나왔어요."

　"전화 드렸을 때 바로 나오겠다는 말씀에서 뭔가 결심을 하셨다는 생각이 들었어요. 이제 어머님은 시훈이 동생만 생각하세요."

　시훈 엄마는 초점 잃은 눈으로 한참 동안 찻잔을 바라보았다.

문

  도하는 문에 다다라 선생님을 찾았다. 선생님은 지난번처럼 숲 가장자리에 쭈그려 앉아 몸을 잔뜩 웅크리고 있다.

  "선생님!"

  박한상이 몸을 펴며 뒤돌아보았다.

  "선생님, 진솔이 문안으로 들어갈 수 있었던 이유를 생각해 봤어요."

  "응? 뭐, 뭐 같은데?"

  시르죽은 얼굴이었던 박한상은 서서히 표정을 풀었다.

  "포기하지 마세요. 여기에 계속 계실 수는 없잖아요. 문안으로 들어갈 수 없다는 건 결국 문밖에 있어야 한다는 것일 텐데, 여긴 어둡고 축축하고 냄새나잖아요."

  박한상이 팔을 축 늘어트린 채 숲을 향해 고개를 돌렸다. 갈 데는 저기밖에 없는 것인가, 하는 생각을 하는 것 같았다.

"어두운 숲 너머에 뭐가 있는지 보셨어요?"

박한상은 고개를 저었다.

"진솔이 그러는데 낭떠러지라고 해요. 끝도 없이 계속 떨어지는 곳이래요. 친구는 그쪽에 있는 것 같다고 했어요."

박한상이 몸을 떨며 도하에게 다가왔다.

"어떻게 하면 좋겠냐? 응? 여기서 나 좀 벗어나게 해 주라."

"진솔은 스스로 죽음을 선택하지 않았어요. 친구를 구하려다 그렇게 된 거죠. 솔이는 삶에 대한 아주 강한 의지가 있었어요. 그런 자에게만 문을 열어 주는 신의 장치가 이 문에 있는 것 아닐까요? 잘 생각해 보세요, 그날 일을. 분명 놓친 게 있어요."

박한상은 그날의 일을 곰곰이 짚어 보려는 듯 눈동자를 굴리며 말을 시작했다.

그날도 산책을 하려고 집을 나서는데 곽 선생한테서 전화가 왔다. 그때 난 이미 교감 자리 같은 건 내려놓은 지 오래된 상태였다. 나와 매일 아침밥을 먹던 아이가 죽었는데 그깟 게 다 무슨 소용이겠니. 그렇게 마음 비운 나에게 곽 선생이 찾아온 이유가 있었다. 시훈의 일로 내 교직 생활은 불명예스러운 결말일 거라고 각오하고 있었는데, 여전히 교감 후보로 내가 유력하다고 하더구나. 아이들이 준 평가가 우세했던 모양이다.

곽 선생은 내게 자진하여 물러나는 게 모양새가 좋지 않겠냐고 말했다. 몹시 화가 나더구나. 시훈이 때문에 어떤 벌도 달게 받겠다는 마음이었는데 곽 선생의 태도를 보니 그 마음은 온데간데없이 사라지고 눌러 왔던 분노가 끓어올랐다. 내가 고작 이런 인간을 위해 침묵했는가, 하는 생각이 들어서 나조차 끝없는 나락으로 떨어지는 기분이었다.

집 뒤에 있는 등잔봉으로 향했다. 갑갑함을 견딜 수 없을 때마다 버릇처럼 올랐던 곳이다. 뒤에 곽 선생이 있다는 것도 잊은 채 걸었다. 가만히 있으면 숨이 쉬어지지 않아서, 오히려 숨차게 만들어야만 숨을 쉴 수 있었다. 간밤에 내린 비로 길이 미끄러웠다.

나는 어느 순간 뒤돌아서 소리쳤다. 당신도 선생이냐고, 선생이긴 한 거냐고. 제 말과 행동이 뭐가 잘못된 건지 모르는 인간들이 있다. 그런 자들은 부끄러움을 모른다. 그들의 귀에 대고 아무리 얘기해도 그들은 알아듣지 못한다. 알아들으려고 하지도 않는다. 그냥 벽이다. 아니, 상대방의 말을 너희들 말대로 '반사'해 버린다. 그런 곽 선생을 보자 숨통이 더욱 조이더구나.

곽 선생이 숨을 몰아쉬며 올라와 내게 따지듯 물었다.

"왜 난 인간이면 안 되죠?"

나는 그 말에 눈앞이 어찔했다. 이게 무슨 말인가 싶었다.

"난 선생이기 전에 인간이에요. 선생님은 안 그럴지 모르지만 난 그래요. 이기적이라고요? 이기적인 게 왜 잘못인가요? 살아남으려고 한 게 그렇게 잘못된 건가요?"

할 말이 없더구나. 뒤통수를 세게 가격당한 듯한 느낌이 들었다. 저런 자와 한 울타리 안에서 아이들을 만나고 밥을 먹고 말을 나누며 생각의 차이를 좁혀 보려 했던 시간들이 몹시 허탈했다. 그때부터 속이 메스껍고 어지러웠다.

한편으로는 스스로에게 한없이 너그럽고 솔직한 곽 선생이 부러웠다. 나도 내 안에 웅크리고 있는 생각을 알기에, 곽 선생의 말에서 썩 자유롭지 않았다. 그때까지 내가 싸우고 있었던 건 내 안의 이기심이었는지도 모르겠다. 왜 나만 참아야 하냐고, 참는 사람에게 세상은 너무나 야멸차다고, 선하게 산들 아무도 알아주지 않는다면 이게 무슨 의미가 있냐고.

이제껏 내가 했던 선한 행동과 의도를 내세우지 않은 것도 후회되었다. 그거야말로 가장 못난 짓이며 이제껏 내가 해 온 것을 무위로 돌리는 것이라는, 나에 대한 엄격한 잣대도 다 쓸데없는 짓이라는 생각이 들었다.

말없이 산길을 오르며 같은 질문을 반복했다. 왜 사람이 사람이어야 하는가, 사람이라고 해서 다 사람인 건가, 사람답다는 말은 무엇인가. 내가 흔들릴 때마다 나를 잡아 주었던 질문들을 수없이 뇌까리며 길을 올랐다.

자신만의 배를 채우기 위해 산다면 그게 짐승과 무엇이 다르겠니. 사람이라면, 적어도 사람이라면, 사람답게 살려면 최소한의 것은 지켜야 하지 않겠니?

내가 타협할 수 없는 것은 그 지점이라는 것을 알았다. 나도 곽 선생처럼 살아남고 싶었지만, 그렇게 섬유질만 남은 채로 살고 싶지는 않았다. 먹고 자고 그러다 배고프면 남을 물어뜯어 제 배만 채운다면 그건 그냥 짐승처럼 사는 거와 다를 게 없지 않니?

그리 높지 않은 곳이었다. 비가 와서 밟은 돌이 헐거워져 몇 번인가 미끄러지곤 했다. 그러다 아래가 훤히 내려다보이는 곳에 섰다. 올막졸막 붙어 있는 도시의 풍경이 한낱 그림 한 장처럼 가벼워 보였다. 신의 거친 손길 한 번이면, 저 평온한 그림이 무력하게 찢길 것 같은 허망함이 보였다.

지금 내가 손에 쥐고 있는 것이 아무것도 아니라는 생각이 들었다. 바람이 불었다. 고개를 들어 하늘을 보았다. 머릿속이 아득해지며 어지러웠다. 세상이 빙글빙글 돌더구나. 심장 박동이 더욱 빨라지며 몸에서 힘이 빠져나갔다. 온몸에 진땀이 흐르고 구토가 일었다. 눈을 감고 주저앉는 순간 내 몸은 균형을 잃고 한쪽으로 기울었다. 하늘이 내려앉으며 나를 덮치는 것 같았다. 그 순간, 바위에서 미끄러져 기슭으로 떨어졌다.

그때, 나는 그것이 내가 나에게 내린 벌이라고 생각했다. 이렇게라도 시훈에게 미안한 마음을 덜 수 있다면 좋겠다고 생각했다. 제가 만든 삼각김밥을 손에 쥐고 환하게 웃던 시훈의 얼굴이 떠올랐다. 항상 그늘져 있던 그 아이의 얼굴이 그렇게 밝아지는 걸 그때 처음 보았다.

"뭐예요? 어떻게 된 거예요? 정신을 놓으신 거예요?"

박한상의 감은 눈꺼풀이 파르르 떨렸다. 당시의 통증을 떠올리는 것 같았다.

"사고잖아요? 맞죠? 사고인 거죠?"

"엄밀히 얘기하면 그렇다고 볼 수 있지."

"그렇다면 곽 선생님은 왜 의혹을 받고도 아무 말씀도 안 하셨던 거예요?"

"양심이 있다면 괴로웠겠지. 내가 그날 산에 오른 건 곽 선생과 얘기를 나누다 감정이 격해졌기 때문이다. 그러니 전날 비 온 것도 잊은 채 올라갔지. 그자와 한바탕 싸운 것 같기도 했다. 곽 선생은 숨겨 놓은 제 욕망을 여실히 드러냈으니까. 내가 없어진다면 하나밖에 없는 의자는 자신의 차지가 될 거라는 계산을 쉽게 할 수 있지 않겠니? 하지만, 그럼에도 끝끝내 제 양심은 속일 수 없었나 보지."

"하아……."

도하는 긴 숨을 뱉어 냈다. 선생님의 말을 듣는 동안 몇 번이나 숨을 몰아쉬고 몇 번이나 주먹을 쥐었다 폈는지 알 수 없다. 얼마나 긴장을 했는지 어깨와 등이 저릿했다.

박한상은 말없이 까만 숲을 바라보았다.

"그러면 도대체 무슨 이유로 선생님은 대문 안으로 들어갈 수 없는 걸까요?"

박한상은 머리를 가로저으며 고개를 숙였다.

"진솔과 함께 떨어진 친구 있지 않니? 그 친구를 생각해 보았다. 진솔의 말로는 그 친구는 계속 떨어지고 있을 거라고 했잖니. 까만 숲 너머에는 끝없이 떨어지는 낭떠러지가 있다고 했잖아."

"네, 그랬죠. 그 친구는 이쪽으로 오지 않았다고 했어요. 그 친구에게는 빛이 없었던 거죠. 진솔에게는 있었고요."

"나도 그 빛을 따라 여기까지 왔다. 그런데 이 문 앞에서 길이 달라지는 이유가 뭘까. 내가 진솔의 친구처럼 끝없이 떨어지는 곳으로 가지 않고 점과 같은 빛을 본 것은 뭔가 이유가 있지 않겠니?"

"네, 거기까지는 제 생각도 비슷해요. 아, 혹시 이거 아닐까요?"

도하의 머릿속에 번뜩 한 가지 생각이 스쳤다.

"뭐, 뭔데?"

"죽음을 스스로 선택하지 않은 자에게 주는 마지막 기회 같은 거요."

"그래, 나도 거기까지는 어찌저찌 비슷한 생각이 들었는데, 문제는 진솔과 내가 다른 이유가 뭐냐는 거다."

"선생님은 죽음을 스스로 선택한 것처럼 생각했다는 게 문제 아닐까요? 그날 땅이 젖어 있었는데다 곽 선생님과의 감정이 격해져 있었는데도요. 때마침, 선생님은 생을 놓아 버리고 싶은 마음이 강렬했던 거죠."

"솔직히 말하면 너무 힘들 때 죽음을 생각하지 않은 건 아니었다. 시훈이 죽은 후에도 교감 자리를 놓고 다퉜다는 게 그 애에게 몹시 미안했다. 기슭으로 떨어지는 순간 이 벌을 달게 받겠다는 생각을 했을 정도니까."

"그러니까요. 선생님, 여기는 경계의 공간인 것 같아요. 진솔이 어떤 장애도 없이 저 문을 통과할 수 있었던 건 자각이에요. 살고 싶다는 자각. 선생님에게는 그게 없었잖아요. 살고 싶다는 자각과 의지요. 스스로 죽음을 선택하지 않았음에도 불구하고요."

"그, 그래, 그건 좀 다른 것 같구나. 근데 방금 전부터 발이 조금 가벼워진 것도 같아. 기분 탓일지 모르겠지만."

"다시 그 순간으로 돌아간다면 어떻게 하실 거예요?"

"떨어지는 순간 비탈에 나와 있는 소나무 뿌리를 보았지만 잡지 않았다. 지금이라면 잡을 거다. 뭐가 되었든 잡아서 살아남을 거다. 살고 싶다, 아주 간절하게."

"선생님, 저 언덕 위에 무엇이 있는지 궁금하지 않으세요? 진솔을 보세요. 아예 내려올 생각을 안 하잖아요."

"그, 그래? 뭐가 있는데? 왜 진즉 말해 주지 않고."

"저도 믿을 수 없는 게 너무 많아서 설명하기가 좀 그랬어요. 저 위는 여기 대문 밖과는 전혀 다른 세상이에요. 밝은 햇살과 좋은 향기와 달달한 바람이 있는 곳이에요."

박한상은 도하의 말을 들으며 꿈을 꾸듯 눈을 감았다. 그런 뒤 침을 삼키며 입맛을 다셨다.

"하하하, 거기서 먹을 건 못 봤고요."

"모르겠다. 네 말을 듣는데 왜 이렇게 식욕이 돈는지. 참 오랜만에 뭔가 먹고 싶다는 생각이 드는구나."

"돌아가시기 전까지 한동안 밥을 제대로 드시지 못했다는 얘기도 들었어요. 우리한테는 그렇게 밥 타령을 해 놓고는."

"그러게 말이다. 살다 보면 이렇게 어쩔 수 없는 일이 생기는구나."

"네, 그것도 실감하고 있어요."

박한상이 도하의 머리를 쓰다듬으려 손을 올렸지만 만져지지 않았다.

"잃어버린 식욕까지 일고, 뭔가 준비가 되신 것 같은데요. 자, 다시 한번 시도해 보실래요? 강한 의지를 넣어서요."

박한상의 눈빛이 달라졌다. 아까와는 확연히 다르게 편안해 보였다. 몸이 조금 가벼워진 것 같다고 하더니 정말 그런 모양이다.

"간절함을 담아 발을 들어 보세요."

박한상은 두려움과 기대가 섞인 눈빛으로 한 발 한 발 문 앞으로 다가섰다. 도하는 문안으로 들어간 뒤 박한상의 발길을 기다렸다. 박한상이 이제 막 걸음마를 시작한 아이처럼 아주 신중하게 발을 들어 올렸다.

문턱에 다가서자 박한상의 발은 아주 가볍게 들렸다. 박한상은 너무 놀라 중심을 잃고 잠깐 비틀거리는가 싶더니, 문안으로 빠르게 발을 들여놓았다. 거침없이 문턱을 넘어 문안으로 들어왔다. 땅에서 떨어지는 제 발이 신기한지 경중경중 뛰는 시늉을 하며 환하게 웃었다.

도하와 박한상은 서로의 얼굴을 보며 박한상이 정말 문안으로 들어오게 된 건지 확인하고 또 확인했다. 드디어 해냈다는 안도감이 도하의 얼굴 가득 번졌다. 뿌듯함이 차올랐다. 답답했던 가슴이 뚫린 것 같았다.

"자, 이제 앞을 보세요. 언덕으로 올라가는 길에 아직도 뭐가 보이세요?"

"어, 다들 어디로 사라진 거니?"

진솔은 언덕길을 올라가며 무엇을 보았다는 말은 하지 않았다. 진솔이 봤다면 그냥 지나칠 리 없었을 것이다. 당신들은 누구냐고, 여기 왜 있냐고 따졌을 것이 분명하다.

박한상은 도열해 있는 나무들 주변을 살핀 뒤 혼잣말처럼 중얼거렸다.

"어째서 그자들이 사라졌을까."

언덕을 올라 잔디 광장으로 꺾어 들기 전, 둘은 문주처럼 세워놓은 돌기둥을 보았다. 여러 번 오르내리다 보니 처음엔 보이지 않던 것이 도하의 눈에 들어왔다. 도하는 눈을 동그랗게 뜨고 돌기둥의 네 면을 찬찬히 살폈다. 각 면마다 거북이, 꽃봉오리, 구름 모양이 돋을새김 되어 있었으며 정면에는 글자가 새겨져 있다.

도하가 글씨를 가리키자, 박한상은 흙먼지로 하얗게 뒤덮인 돌기둥 전면을 손으로 쓸었다.

스스로
목숨을 버린 자는
어디에도 들어갈 수 없다.

박한상은 몸을 떨며 돌기둥으로부터 한 발 뒤로 물러섰다. 가슴이 쿵 내려앉았다. 어디에도, 라는 말이 너무 아득하게 느껴져 가슴이 갑갑하게 조여 올 정도였다.

돌기둥 옆에는 문을 지키는 수호신 같은 형상이 덩굴식물을 뒤집어쓴 채 서 있다. 머리 위에 넌출진 넝쿨은 머리칼을 풀어헤친 것처럼 보였다. 도하는 흠칫, 물러섰다. 표정이 기이했다. 양손을 올려 오므린 채 뭔가를 잡아먹을 듯이 노려보며 입을 까맣게 벌린 모양새였다. 소름이 끼쳤다. 흰자위가 없는 까만 눈은 사람의 속을 꿰뚫어 볼 것처럼 매서웠다. 거짓말을 하거나 가면을 쓰거나 마음을 속이거나 위장을 하는 것 따위는 우습게 잡아낼 것 같았다.

선생님은 그 형상을 보자 얼어붙었다.

"이, 이런 모습이었다. 저 아래에서 문을 지키고 있던 자들도."

박한상은 석상으로부터 도망치듯 잰걸음으로 달아났다. 어둠을 떨쳐 내듯 햇살 가득한 광장 속으로 재빠르게 녹아들었다.

고유의 시간

"여기야, 여기."

진솔의 목소리가 들렸다. 진솔이 2층 창문에서 고개를 내밀며 손을 흔들었다. 열렬히 환영한다는 말은 저런 것이 아닐까 싶을 정도로, 고요한 광장에 진솔의 목소리가 짜랑짜랑 울렸다. 도하는 두려워서 올라가지 못한 곳인데, 진솔은 자기 집에서 손님을 환대하는 것처럼 편안해 보였다. 진솔에게만 빛이 비치는 듯 그곳만 환했다.

박한상은 연신 코를 벌름거리며 그동안 맡아 보지 못한 신묘한 향이라면서 여기저기 킁킁댔다. 사람을, 아니 귀신을 제일 먼저 유혹하는 것은 향기인가 싶었다. 처음 철문을 지나 잔디 광장에 다다랐을 때 도하의 감각을 깨운 것도 향기였다.

이곳을 선생님과 공유할 수 있게 되어서 도하는 비로소 마음이 놓였다. 할아버지에게 물려받은 곳이라고 큰소리까지 쳤는데 선생님이 문안으로 들어오지 못하는 상황이 몹시 마음이 쓰였다. 기껏 손님을 초대해 놓고 집으로 들이지 못하는 집주인의 마음과 비슷했다.

선생님을 문안으로 들이자 정작 손님 같은 처지가 된 것은 도하였다. 진솔과 선생님은 제자리에 안착한 듯 자유로워 보이는데 도하 자신은 아직도 어딘가를 떠도는 기분이었다.

도하는 선생님과 함께 2층으로 향했다. 할아버지가 어딘가에 계실 것만 같았다. 이곳이 죽은 자들이 머무는 곳이라면 할아버지도 여기에 계실지 모른다. 그래서 도하를 이곳으로 부른 것일 수도 있다. 이곳을 굳이 자신에게 남긴 이유와 지금 자기가 여기에 있는 이유가 아귀처럼 맞물릴 수도 있겠다는 생각이 들었다.

"이도하, 네가 여기 주인이라며?"

진솔이 2층 응접실에서 팔짱을 끼고 따지듯 물었다. 2층 벽에 걸린 그림이나 할아버지 서체가 든 액자는 예전 그대로였다.

"누가 그래?"

"그래서 왔다 갔다 마음대로 할 수 있는 거구나."

진솔은 부러움 섞인 표정으로 말했다.

"그게 무슨 말이야?"

"여긴 한 번 들어오면 대문 밖으로 나갈 수가 없대."

"아닌데, 난 그냥 아무렇지 않게 들어오고 나갈 수 있던데?"

"그러니까 너는 여기서 특별한 존재인 거지, 집. 주. 인."

"누, 누굴 만났어? 그걸 어떻게 알아?"

"만났지. 아주 친절한 수암 서점 아저씨를 만나 좀 들은 게 있지. 네가 하루만 더 일찍 왔어도 다른 좋은 분들을 만날 수 있었을 텐데."

"다른 분들?"

처음에 올라왔을 때 들은 웃음소리의 주인공들인 모양이다. 도하는 두려워서 도망치듯 문밖으로 달아났는데.

"집주인이라 네 이름 붙은 방이 없는 모양이다. 하긴 여기가 다 네 건데, 네 방이라고 표시할 필요가 없겠지."

"내 방이 없다니?"

"이곳에 온 사람에게는 다 자기만의 방이 있어. 저 끝에 내 방이 생기는 걸 너도 봤잖아."

진솔의 말대로 도하는 진솔이 이곳에 발을 들이자 이름이 살아나듯 명패 위에 새겨지는 걸 보았다.

2층 응접실을 지나 회랑을 끼고 방이 나열되어 있다. 이름표가 있는 문도 있고, 없는 문도 있다.

"자, 방마다 이름표가 보이지? 그 이름들이 각 방의 주인이야. 선생님, 박한상 선생님 맞죠? 방금 전에 대문을 통과할 즈음, 선생님 이름도 서서히 생겼어요. 어떤 형체가 나타나는 것처럼 빈 방 문패 위에 이름이 떠올라요."

선생님은 입을 벌린 채 여기저기 둘러보느라 정신이 없는 것처럼 보였다. 문밖의 세상과 비교할 수 없을 만큼 다른 것이 믿기지 않는 표정이다. 보는 것마다 히야! 히야!를 연발했다. 선생님은 당신의 이름이 보이는 방문 앞에 서자, 울컥했는지 한참 동안 고개를 뒤로 꺾고 천장을 올려다보았다.

"그 서점 아저씨라는 분은 어디 계셔?"

도하가 진솔을 바라보며 물었다.

"쉿!"

진솔이 제 입술에 검지를 대며 말했다.

"지금은 각자의 시간을 쓰는 때라서 방으로 들어가셨어."

"각자의 시간?"

"각자의 고유한 시간을 쌓아야 한다며 들어가셨어. 여기는 끝맺지 못한 시간을 마저 쓰는 틈새의 공간이야. 딱 49일간 시간을 준대. 그 시간 안에 자기만의 시간을 축적해야만 다른 곳으로 갈 수 있다는 거야. 그리고 또 하나의 시계가 있어."

진솔은 그간 알아낸 것을 숨 가쁘게 토해 냈다.

"무슨 시계?"

"카운터기 같은 역할을 하는 건데, 숫자가 거꾸로 흘러."

"무슨 말이야?"

진솔은 제법 많은 것을 알아냈다. 도하에게 자랑하듯 우쭐대며 새로운 정보를 쏟아 냈다.

"짧은 시간에, 제법이다."

생전에 할아버지가 대문 문주에 붙여 놓은 현판이 떠올랐다. '틈새, 노닐다'가 무슨 뜻인지 어렴풋하게 보이는 것도 같았다. 삶과 죽음의 경계, 죽음과 또 다른 죽음의 경계를 말하는 것인가.

"짧은 시간이라니? 네가 얼마나 오래 있다 온 줄 알아?"

"아, 정말?"

이곳 광장과 대문 밖은 시간이 다르게 흐르는 게 맞는 모양이다. 처음에 이곳에 올라왔을 때도 순식간에 해의 위치가 바뀌었고, 선생님도 왜 이렇게 오래 걸렸냐고 원망의 말을 쏟아 냈었다.

"거꾸로 흐른다는 건 뭐야?"

"100부터 시작해서 숫자가 점차 하나씩 줄어드는 거야."

"그렇게 해서 제로로 간단 얘기야?"

"오호, 제법 말귀가 빠르시네."

"그래서 제로가 되면?"

"카운터기가 제로가 되면 이곳을 떠나 저기로 갈 수 있대."

진솔이 오른쪽 검지를 뻗어 올려 하늘을 가리켰다.

"하늘?"

"응, 저 위로 올라간대."

"거기가 어디야?"

"모르지. 여기 있는 분들도 그건 모른대. 저 위에서 돌아온 자가 없다고 했으니까. 이곳도 이렇게 좋은데 더 좋은 데로 간다는 건 아마 천국 같은 곳 아닐까?"

"그곳이 좋은 곳인지 어떻게 알아? 믿어도 되는 말이야?"

"못 믿으면 말고. 아주 중요한 얘기가 더 있는데 관두자. 괜히 시간만 아깝다. 여기 시간이 얼마나 빨리 흐르는지 알면 너 기절할 거다."

진솔은 쌩하니 돌아서 자기 방으로 들어가 버렸다.

도하는 아무리 둘러봐도 제 방이 없는 게 서운했다. 주인이라면 가장 크고 멋진 방이 있어야 하는 거 아닌가. 선생님은 방으로 들어간 지 한참 되었는데도 나올 생각을 하지 않았다. 그렇게 안 봤는데 선생님이 좀 이기적이라는 생각이 들었다. 방 한 칸도 없는 처지가 되자 방금 전 문밖에 있던 선생님과 자신의 입장이 뒤바뀐 것 같았다.

도하는 박한상의 문패 아래서 소리쳤다.

"밥상 선생님, 정말 이러기예요?"

방 안에서는 아무 기척이 없다. 방문을 두드렸다. 설마 또 귀퉁이에 몸을 말고 서럽게 울고 있는 건 아니겠지. 문을 열었다. 벽면에는 시계가 있고 그 아래에는 진솔의 말대로 카운터기가 있다.

그 순간, 박한상의 카운터기가 움직이는 것이 보였다. 딸깍 소리를 내며 숫자 하나가 줄어들었다. 박한상은 카운터기를 처음 접한 문물처럼 꼼꼼히 뜯어보는 중이다.

"도하야, 이 물건이 대체 뭐 하는 것 같니? 지금 숫자 하나가 간

신히 힘겹게 넘어가더구나. 근데 숫자가 줄었다. 이 숫자는 내가 여기서 머물 수 있는 날을 말하는 걸까?"

"진솔이 그 카운터기는 숫자가 거꾸로 흐른다고 하던데요?"

"그래, 방금 100에서 99로 바뀌었다. 그런데 거꾸로라면 축적이 아니지 않니? 이곳은 자신만의 시간을 축적하는 곳이라고 했잖아."

"저도 잘 모르겠어요."

도하가 박한상의 방으로 들어서려는데 진솔의 목소리가 등 뒤에서 들렸다.

"이상해!"

"아오, 깜짝이야. 소리 좀 내라, 쫌!"

"너, 귀신이 소리 내는 거 봤냐? 하하하."

진솔의 웃음소리가 회랑 안을 울리며 낭랑하게 퍼졌다.

"웃음이 나오냐?"

목젖이 보이도록 웃는 진솔을 보며 도하는 믿기지 않는다는 얼굴로 물었다.

"너, 자꾸 내 속을 뒤집으려고 작정한 모양인데, 어쩌라고. 내가 이 상황을 안 받아들이면 어쩌겠냐고?"

진솔이 팩 하니 돌아서면서 쏘아붙였다.

"그러니까 그게 그렇게 쉽게 되냐고. 나도 믿기지 않을 정도로 이상해서 그런다."

"넌 다른 경로로 들어와서 모를 거다. 까만 숲을 헤맨 자는 지옥이 따로 없다는 생각을 하기 때문에, 그곳만 아니면 감사하다는 생각이 절로 들게 한다니깐. 등 뒤로 들리는 영원히 '떨어지는 중' 인 비명 소리를 들어 보지 않아서 넌 그 공포를 모를 거라고."

도하는 선생님이나 진솔이 건너온 시간이 어떤지 감히 상상이 가지 않았다. 웃음이 나오냐고 했던 말을 도로 집어넣고 싶었다.

"큼큼, 뭐가 문젠데?"

"내 카운터기는 꿈쩍을 안 해. 딱 100에 멈춰 있어. 설마 고장 난 건 아니겠지?"

"그 숫자는 어떤 상황일 때 움직이는 거야? 넌 알고 있지?"

"왜? 내 말 반도 안 믿으면서."

"아, 그건 미안. 나도 모르게 좀 예민해져서 그래. 내 방이 없다고 하니까……. 그럼 나한테는 시계도 카운터기도 없는 거 아니야?"

"이 바보야, 여기에 방이 없다는 건 넌 여기 머물 사람이 아니라는 뜻이겠지."

"그러니까 그게 좋은 건지 나쁜 건지 모르겠다고."

"바보 아니니? 넌 다시 돌아갈 곳이 있다는 거잖아. 여기서 대문 밖으로 나갈 수 있는 건 너뿐이야. 그리고 여기 있는 사람들은 자신만의 고유한 시간을 축적하면 저 위로 올라간다고 했고. 그렇다면 네가 갈 곳은 저 위가 아닌 거지. 여기도 아니고. 남은 곳은 딱 한 곳, 대문 밖의 세상이지 않겠니? 그러니까 넌 아직 살아 있다는 말일 거야."

진솔의 말이 틀리진 않은 것 같은데, 도하는 그 말이 진짜 맞는 말인지 확신이 가지 않았다.

"뭔가 다르다는 건 알겠어. 난 죽음에 대한 기억이 전혀 없으니까. 그런데 어떻게 해야 여길 나갈 수 있는 건지, 그걸 모르겠어."

"그건 나도 몰라. 근데 선생님이 문안으로 들어온 걸 생각해 봐. 나가는 방법도 비슷하지 않을까?"

진솔의 얘기를 듣는 순간 도하는 머릿속에 자욱했던 안개가 조금은 걷히는 것 같았다.

"그래, 선생님을 보니까 여기에 들어오는 것도 방법이 따로 있었어. 그렇다면 내가 여기서 나가는 방법 또한 스스로 찾아야 한다는 얘기네."

도하의 낯빛이 서서히 펴졌다. 다시 자기 자리로 돌아갈 수 있다는 희망을 가져도 되는 것이다.

"이 카운터기는 이승과 연결되어 있어서, 이승에 남아 있는 사람들이 떠난 사람을 그리워하며 '아까운 사람'이라는 말을 할 때마다 숫자가 한 개씩 줄어든대. 이곳에서 이승과 연결된 것은 카운터기가 유일해. 도하 너도 저 카운터기와 비슷한 역할이 아닐까? 문안과 밖을 연결해 주는 사람, 그러니까 선생님 같은 분을 위해 마련한 장치 같은 게 도하, 너 아니냐는 거지."

진솔이 콕 집어 '도하'라고 말할 때 도하는 심장이 벌렁거렸다. 자신이 중요한 임무를 띤 사람이라는 생각이 들자 가슴이 벅차올랐다.

"잠깐만, 그럼 백 명의 입에서 백 번의 아깝다는 말이 나와야 되는 거야?"

"응. 그러니까 나는 생각보다 여기 오래 머물러야 할지도 모르겠어. 어떻게 살아야 그런 말을 백 번이나 들을 수 있는 건데? 그것도 매번 다른 사람한테서 말이야. 아는 사람이 백 명도 안 되는 나 같은 애들은 어떻게 하라는 거야?"

진솔의 목소리는 누군가에게 따지듯 점점 커지다가 이내 수그러들며 풀이 죽었다.

"그래, 그건 나도 완전 공감 백 퍼. 생이 짧았던 사람은 어쩌라고."

"내 말이. 아깝다는 말은커녕 그냥 아는 사람도 백 명이 안 돼. 난 자신 없어. 그럼 난 어떻게 되는 거야? 여기에서 계속 저 카운터기만 바라보고 있어야 하는 거냐고."

진솔은 생각이 많은 눈빛으로 눈동자를 쉴 새 없이 굴렸다. 아주 억울한 표정이었다.

"뭔가 방법이 있지 않을까? 여기에 네가 온 것도 타당한 이유가 있는 것처럼 말이야."

도하는 진솔이 희망을 잃지 않기를 바라는 마음으로 말했다.

"그렇겠지? 그렇게 믿어야겠지? 만약에 말이야, 내가 추측한 게 맞는다면 넌 언젠가는 돌아갈 수 있는 거잖아. 돌아가면 우리 엄마 좀 만나 줘. 나는 절대로 죽음을 선택하지 않았다고, 아주 좋은 곳으로 가서 나머지 시간을 잘 살아 내고 있으니 너무 슬퍼하지 말라고 말해 줘."

진솔의 말을 들은 도하는 코끝이 시큰했다. 진솔의 두 눈 가득 눈물이 고였다. 입 밖으로 꺼내는 순간 눈물이 되는 두 글자, 엄마라는 말 때문이다.

"그래야 나도 발길이 떨어질 것 같아."

진솔은 울음 묻은 목소리를 누르며 말했다.

박한상은 카운터기만 뚫어져라 바라보았다. 그 사이 박한상의 카운터기는 숫자가 또 줄었다. 딸깍, 하고 숫자 넘어가는 소리는 동굴 천장에서 떨어지는 물방울처럼 낭랑하게 방 안을 가득 채웠다. 듣는 사람의 심장까지 그 파동이 일었다. 박한상의 카운터기는 49일도 필요 없을 만큼 빠르게 줄어들 것 같았다. 진솔은 부러움이 가득 찬 눈길로 그 카운터기를 바라보았다.

'한 사람의 죽음은 그 사람을 그리워하는 사람이 더 이상 없을 때 진짜 죽음'이라는 말이 있다. 그러니까 선생님은 죽었지만 죽지 않은 것이다. 선생님이 아직 사람들의 가슴에 살아 있기 때문에 안타까움을 담은 탄식의 말, '아까운 사람'이라는 말이 입에서 입으로 전해지고 있는 거란 생각이 들었다.

"그래서 여기를 틈새라고 하는 거구나."

박한상은 카운터기에서 눈을 떼고 고개를 들어 진솔과 도하를 바라보며 말했다.

"그렇다면 이제 뭘 해야 하는 걸까?"

선생님의 의욕에 찬 눈빛이 도하와 진솔을 향했다.

"한 가지 더 있어요. 여기로 들어오는 분들은 죽은 자들의 시간을 가져와서 쓰는 거라고 했어요."

"어떤 죽은 자들을 말하는 거니?"

박한상은 금세 어두워진 눈빛으로 되물었다.

"삶을 중단한 사람들요. 우리가 여기로 올 수 있었던 건 그들이 버리고 간 시간 때문이래요. 그리고 그들은 우리 주변에 있던 사람이래요. 자신과 관계된 사람 중 삶을 중단한 사람의 시간을 가져오는 거라고 했거든요."

"뭐라고? 내가 아는 누군가의 시간을 가져다 쓰는 거라고?"

박한상은 몹시 혼란스러운 눈빛으로 물었다.

"네, 그들의 몫까지 여기서 살아 내는 거래요."

진솔은 맞은편 벽에 걸려 있는 시계를 보며 담담하게 말했다.

"선생님 방의 시간과 제 방의 시간은 달라요."

진솔이 가라앉은 목소리로 말했다.

"그래, 방마다 다 달랐어."

도하가 처음에 이 방 저 방 기웃거릴 때를 떠올리며 말했다.

"그러니까 누군가가 삶을 중단하지 않았다면 쓸 수 있는 시간의 총량을 이 시계에 표시해 놓았다는 얘기구나. 그렇다면 저 시계의 시간은 원래 내 시간이 아니구나."

박한상의 고개가 힘없이 아래로 향했다.

"네, 맞아요. 우리에게 주어진 수명은 사고가 났을 때 이미 끝났어요. 아마도 저는 그때 함께 떨어졌던, 그 친구의 시간을 받아서 쓰는 걸 거예요."

박한상은 두 손에 얼굴을 묻었다. 곰곰이 생각에 잠긴 듯했다.

"아까운 사람에게만 주는 기회 같아요. 저 카운터기가 그걸 증명해 주고 있잖아요."

도하가 가라앉은 목소리로 차분하게 말했다.

"선생님도 진솔이도 분명 많은 사람이 아깝다는 탄식의 말을 할 정도로 괜찮게 살았다는 거죠. 그런 사람들에게 회한을 남기지 말라고 기회를 한 번 더 준 것 아닐까요? 누군가 뿌리치고 간 시간을 가져다가 연장해 준 것 같아요."

선생님과 연관 지어 떠올릴 만한 사람은 시훈 선배밖에 없다. 그 말은 시훈 선배의 죽음이 사고가 아닐 수도 있다는 얘기다. 이곳은 퍼즐 조각 맞추듯 모든 조건이 정교하게 부합돼야만 들어올 수 있는 곳이라는 생각이 들었다.

박한상은 여러 감정이 복잡하게 뒤섞인 눈으로 도하에게 다가갔다.

"왜, 왜 이러세요?"

"여전히 널 만질 수 없구나. 도하야, 고맙다. 네가 아니었다면 내가 여길 어떻게 들어올 수 있었겠니? 나를 위해 하늘이 너를 보내 준 모양이다. 이제 돌아가, 네가 있을 곳으로. 넌 진솔이 말대로 여기 있을 게 아닌 거 같다."

"저도 그러고 싶어요. 방법만 알면요."

어떻게 여기서 벗어나야 할지, 그 방법을 모르겠다.

"함께 찾아보자. 내가 그랬잖아, 반드시 도하 너는 네가 있던 데로 돌려놓겠다고."

선생님은 그제야 주변을 돌아보는 것 같았다.

"내 방도 좀 봐 주면 안 돼?"

진솔이 도하에게 부탁하듯 말했다.

도하는 진솔의 방문을 열어 보았다. 역시 문 맞은편 벽에는 시계가 걸려 있다. 진솔의 시계는 새벽 세 시에 멈춰 있다.

"그 친구는 아직 동이 트지 않은 이른 새벽에 삶을 중단한 거야. 나도 마찬가지고. 아침도 점심도 저녁도 먹어 보지 못하고 생을 마감한 거나 마찬가지야. 이러니 내가 억울하지 않겠냐고."

"진솔아, 그 나머지 시간을 쓴다면 말이야, 넌 뭘 할 거야? 그걸 여기서 쓰면 된다고 했잖아. 회한이 남지 않도록 시간을 연장해 준 거라며."

"그것도 모르겠어, 어떻게 써야 할지. 난 그동안 부모님이나 선생님이 시키는 대로만 살았지, 앞으로 뭘 할까 생각해 본 적이 없다고. 하고 싶은 건 많았지만 딱 이거다 하는 게 없었거든."

새벽 세 시……. 박한상은 진솔의 시계를 보자 가슴이 뻐근하게 아파 왔다. 너무나 푸른 시간에 시계가 멈추었다. 우주에서 처음 오는 서기 어린 새벽빛이 채 닿기도 전에 생을 저버린 푸른 생명들 때문에 마음이 쓰라렸다. 박한상은 진솔과 시훈의 모습이 자꾸만 겹쳐 보였다. 자신이 누군가 버리고 간 시간을 연장해서 쓰는 거라면, 그것은 시훈의 시간일 거라는 생각이 들었다.

"진솔아, 네 말대로라면 시계나 카운터기는 우리가 만질 수 있는 게 아니잖니? 그럼 우리는 오로지 시간을 쓰는 것밖에는 할 수 있는 게 없어. 그걸 어떻게 써야 할지는 좀 더 생각해 보자."

박한상은 급하게 생각하지 말자는 듯 부드러운 목소리로 진솔에게 말했다.

"네, 그래야 할 것 같아요. 선생님은 뭘 하실지 생각해 보셨어요?"

"삶을 중단한 사람이 버리고 간 시간을 가져와서 쓴다고 했으니 내가 가장 안타까워했던 친구를 생각하며 시간을 써 보는 것도 좋겠다, 생각 중이야."

박한상과 진솔은 둘만이 할 수 있는 대화를 이어갔다.

"아, 저도 그래야겠어요. 제 주변의 누군가가 버리고 간 시간을 쓰는 거라면 살리고 싶었던 그 친구를 생각하며 써야겠다는 생각을 했거든요."

시간은 누구에게는 버리고 싶은 것이었고 누구에게는 어떻게든 이어 쓰고 싶은 절박한 것이었다. 이곳은 주어진 제 운명보다 시간을 더 쓰고자 하는 사람들의 간절함이 만들어 낸 공간이다. 그리고 그의 생명이 좀 더 이어졌기를 바라는 수많은 사람의 기도로 만들어진 공간이다. 무엇보다 살고자 했던 본인의 강한 의지와 그를 보내기 안타까워하는 수많은 사람의 기도가 닿아서 생겨난 곳이다. 그럴 때 사람들이 외우는 기도문은 단 하나다.

'아깝다. 정말 아까운 사람이었다.'

도하는 선생님, 진솔과 같은 입장이 아니라는 것 때문에 왠지 모를 소외감이 들었다. 두 사람과 자신이 다르다는 것을 기뻐해야 할 것 같긴 한데, 자신만 어딘가로 떨어져 나가야 하는 것 같아 그게 또 서운했다. 하지만 여기도 잠시 머무르는 곳이라고 했으니 어디든, 누가 되었든 이별은 필연일 수밖에 없을 것이다. 이곳도 언젠가는 이별의 시간을 맞이할 것이기에.

"여기 처음 올라왔을 때 사람들 소리만 들리고 모습은 보지 못했는데, 그들은 어디로 간 것일까?"

도하는 그들의 정체가 내내 궁금했다.

"저 위로 가지 않았을까?"

진솔이 하늘을 가리키며 말했다.

노랑 접시꽃 정원사

도하는 진솔의 방 앞에 나 있는 창을 통해 잔디 광장 구석구석에 눈길을 보냈다. 몽환적일 정도로 계절과 상관없는 꽃들이 피어 있다. 꽃들 사이에 유난히 환한 빛이 쏟아지는 곳이 있다. 그쪽으로 저절로 눈길이 갔다. 노인의 뒷모습처럼 보였다. 은빛 머리칼에 다소곳하게 굽은 어깨. 설마, 바람에 건들거리는 하얀 억새풀이겠지 하며 다시 보았다. 한 할머니가 정원 한 편에 등을 보이고 앉아 있다. 도하는 드디어 자기 눈에도 이곳 사람들이 보이는가 싶었다. 진짜인지 확인받고 싶었다.

"저, 저기 보이지? 맞지? 사람 맞지?"

박한상과 진솔은 창틀에 매달려 광장을 내려다보았다.

"어, 맞아. 가 보자."

진솔은 반가워하며 당장이라도 달려갈 듯했다.

"사람들은 모두 각자의 방으로 들어갔다며?"

"그르게, 다들 방으로 들어간 줄 알았는데. 수암 서점 아저씨 말로는 그랬어."

"수암 아저씨? 우린 그분을 만날 수 없는 거야?"

"기다려 봐, 이따 만나서 여기로 오게 된 사연을 들려주시기로 했어."

도하 일행은 1층으로 내려가 광장에 들어섰다. 일행이 밟는 잔디가 옆으로 눕는 소리까지 들렸다. 정원 가득 백화등 꽃 향이 농밀했다.

"어서 와."

노랑 접시꽃 빛깔의 적삼을 입은 할머니가 기다렸다는 듯이 말했다. 은빛 머리칼이 바람에 부드럽게 날렸다. 지는 해를 받은 머리칼은 은은한 금빛으로 나부꼈다가 새하얀 은빛으로 바뀌며 다시 누웠다.

"엊그제 오후에 아주 오랜만에 손님이 왔었는데."

할머니가 도하와 진솔, 박한상을 눈도장 찍듯 둘러보다 도하에게 시선을 멈추며 말했다.

"저, 저 말씀하시는 건가요?"

도하가 제 가슴에 손을 올리며 물었다.

"그래, 이곳 주인이자 손님이지."

주인은 뭐고 손님은 또 뭐람? 도무지 앞뒤가 맞지 않았다.

"제가 이곳에 처음 올라왔을 때가 엊그제였다고요? 그러니까 여기서 들었던 피아노 소리, 웃음소리가 잘못 들은 건 아니었군요."

도하는 자신이 이곳의 주인이자 손님이라는 할머니의 말이 몹시 궁금했지만, 이분이 할아버지에 대해 알고 있을지도 모른다는 생각에 이어 물었다.

"혹시요, 저희 할아버지 보셨는지요? 이곳의 진짜 주인은 저희 할아버지거든요."

"할아버지? 호호호, 할아버지가 언제 적 분인데. 아직도 여기 계시면 안 되지."

"그렇죠, 돌아가신 지 꽤 됐으니 그럴 리가 없죠."

도하가 어깨를 늘어트리며 말했다. 할아버지를 만나 이곳을 왜 자신에게 물려주었는지 물어보고 싶었는데, 그 기회가 사라진 것 같아 맥이 빠졌다.

"그런데 지금은 왜 이렇게 조용한 거죠?"

"손님이자 주인이 왔던 엊그제가 바로 보름이었거든. 그 소리는 이곳에 있던 몇몇이 하늘로 올라가기 전에 한바탕 축제를 벌이는 소리였지. 하늘 아래에서 먹을 수 있는 가장 맛있는 것을 먹으며 서로에게 인사하고, 남아 있는 사람들에게 용기를 주고, 서로 덕담을 나눈 뒤 작별을 고하는 시간이었지.

열세 시가 되면 바로 요 옆, 산 너머에 있는 고속도로의 까만 아스팔트가 솟아올라 하늘과 맞닿는단다. 마치 하늘에서 검고 무거운 휘장이 내려온 것처럼 보이지. 그것도 잠시, 아스팔트는 곧 은하수처럼 반짝이는 신묘한 색으로 바뀐단다. 마치 은가루를 뿌려 길을 낸 것처럼 하늘과 땅 사이를 이어 주게 돼. 그곳을 통해 이곳에서 시간을 축적한 사람들이 하늘로 올라가지. 그들은 자신만이 쌓을 수 있는 고유한 시간을 다 축적했기 때문에 올라갈 수 있는 거야. 목각 인형을 만들던 호호 아줌마도, 고운 조각보를 바느질하던 길쌈 아저씨도 올라가서 이제 여기 없단다."

도하는 처음 올라왔을 때 1층에서 본 목각 인형과, 나비처럼 나부끼던 조각보가 떠올랐다.

"방 안의 시계도 카운터기도 모두 신경 쓸 거 없다는 얘기는 알고 있지? 여러분이 할 수 있는 것은 아무것도 없어요. 여기에 있는 것은 모두 여러분이 어떻게 살았는가에 따라 움직이는 것이니까요. 특히 카운터기는 여기의 기운에 의해 작동하는 게 아니에요. 그건 남아 있는 자들, 그러니까 살아 있는 자들의 입을 통해서만 움직이는 것이죠."

박한상과 진솔은 두 손을 포개 잡은 채 할머니 말에 귀를 기울였다.

"사람들은 영원히 사는 걸 꿈꾸지만, 방법은 다들 모르지요. 그 답도 결국은 살았을 때 삶의 모습으로 결정되는 게 아닐까요? 보세요, 죽음 뒤의 운명도 결국 살았을 때의 흔적으로 결정되잖아요. 여기 오신 두 분처럼요."

접시꽃 할머니는 박한상과 진솔을 가리키며 말했다. 박한상과
진솔은 고개를 끄덕이며 곰곰이 생각에 빠져들었다.

"그런데 참 이상하지? 사람들은 자기가 쓰던 대로 시간을 쓰려
는 습성이 아주 강해. 그래서 여기에 들어올 수 있는 자격도 한정
되어 있는 거지. 아주 귀한 분들만이 여기에 들어왔을 게야. 그러
니 나는 전과 다르게 살고 싶다, 그렇게 생각한다면 시간을 전과
다르게 쓰면 돼. 간단하지?"

할머니는 진솔의 눈을 깊이 들여다보며 무언가 힌트라도 주듯
말했다. 진솔은 최면에 걸린 듯 연신 고개를 주억거리며 할머니
의 말을 새겨들었다.

도하는 그 둘과는 다른 처지인 자신을 돌아보며 할머니에게 물
었다.

"전 어떻게 해야 하는 걸까요?"

"손님이라고 했잖아. 손님인데도 여기에 오게 된 건 집주인이
라는 특별함 때문이야."

"그러니까요, 손님은 잠시 머물다 가는 사람이잖아요."

"그렇지. 여기서 손님이 어떻게 나가야 하는지는 나도 몰라. 그
건 본인이 풀어야 할 숙제야."

"그럼 할머니는 어째서 아직……."

"참 집요한 집주인이구먼, 호호호. 세입자에게 지나치게 꼬치

꼬치 캐물으면 그거 갑질인 거 알지?"

진솔이 손을 풀며 웃었다. 접시꽃 할머니는 지는 해를 두 눈 가득 들이며 말했다.

"나는 시간을 천천히 써야 해서, 아마 이곳에 가장 오래 있게 될 거야."

시간을 가장 천천히 써야 한다는 건 무슨 뜻일까.

"난 참 열심히 살았어. 지금 생각하면 왜 그렇게 열심히 살았나 몰라. 노는 것도, 일하는 것도, 사람들과의 관계도 모두 완벽하기를 원했던 것 같아. 아무리 완벽을 추구해도 내 생은 한 번도 완벽하거나 채워진 적이 없었는데도 말이야."

차분하게 말을 이어가는 접시꽃 할머니의 목소리에 모두 젖어들었다. 서로의 숨소리조차 차분히 가라앉는 것 같았다. 할머니는 지는 해가 풀어 놓은 편안하면서도 부드러운 빛을 바라보며 이어 말했다.

"일하고 일상을 유지하는 거야 열심히 할 수 있지만, 노는 것도 열심히 놀았다는 게 말이 돼? 난 여행도 일하는 것처럼 세계 지도를 펴놓고 깃발 꽂듯 다녔지. 마치 주어진 시간 안에 깃발을 꽂으면 그곳이 다 내 영토라도 되는 양 말이야. 그렇게 바쁘게 돌았어. 한가하게 멍 때린 적이 없어. 타오르미나 언덕에서 이오니아해를 한없이 보고 싶었지만 조급증이 일었어. 바르셀로네타 해변에서도, 이스탄불의 골드혼을 내려다볼 수 있는 피에롯티 언덕에서도 조바심이 나서 그 눈물 나는 황금 물결을 뒤로하고 떠나기 바빴지. 놀면서도 시간이 아까워서 스트레스를 받는 것 같았어. 늘 뭔가에 쫓기는 느낌이었지. 머뭇거리거나 한가로우면 불안했고.

나는 지금 내가 쓴 '시간의 주름'을 펴며 들여다보고 있는 중이야. 사랑하는 사람들에게조차도 인색하게 굴었던 내 시간을 반성하며.

메멘토 모리, 죽음을 기억하라. 지금 생각해 보니 이 말이 나를 조급하게 만든 것 같기도 해. 아니면 내 생이 어처구니없게 끝날 거라는 걸 알아서 그랬는지도 모르지.

그래서 여기서는 그냥 멍 때리려고. 저쪽 산 너머로 지는 해의 걸음걸이를 지켜보고 그 잔해가 남긴 빛 무늬를 보려고 여기 앉아 있는 중이야. 싹이 나서 잎이 패고 연둣빛이 초록으로 변하고 애벌레가 나비가 되고 바람의 온도가 조금씩 달라지는 걸 느끼고 싶어. 저 키 큰 떡갈나무의 잎이 새봄에 묵은 잎을 떨궈 내는 걸 꼭 보고 말 테야. 바람만이 아는 것을 느끼려면 시간을 정말 천천히 써야 하거든. 그래서 나는 내 시간이 빠르게 축적되길 원하지 않아.

사실 내 카운터기의 숫자는 벌써 제로가 된 지 오래야, 하하하. 내가 살아온 속도만큼 많은 사람이 나를 두고 아깝다는 말을 했겠지. 어떤 날은 숫자가 한꺼번에 79에서 59로 줄어든 날도 있었어. 최소 스무 명의 사람이 같은 순간에 나를 생각하고 그리워하며 떠올린 것 아니겠어? 아깝다고, 아까운 사람이 갔다고 탄식하며 말이야. 내가 알고 지내던 사람들도 다들 성질이 급해. 얼른 추억하고 얼른 이별하고 얼른 정리하고. 빨리 잊고 빨리 다른 일을 해야 하거든.

우리는 아주 빠른 시곗바늘 위에 살고 있어. 분초 단위로 시간을 쪼개서 살아가고 있지. 5초의 검색 시간도 지루하게 여기거든. 세상이 스마트해질수록 삶은 스마트하지 않아져. 숨이 가빠. 숨이 끊어질 듯이 가빠 오는데도 그게 죽음의 문턱에 다다른 건지도 모르고 계속 달리게 하거든, 이 스마트한 세상이.

이제 나는 저 나무들처럼 시간을 쓸 거야. 아주 천천히, 한 번의 바람결에 잎사귀 하나가 피어나듯 그렇게 천천히. 그러다 보니 이렇게 손님이자 집주인도 만나게 된 게 아니겠어, 호호. 먼 훗날 얘기지만 이곳을 지키는 아름다운 문지기를 제일 먼저 보는 행운을 누린 셈이지. 게다가 이렇게 멋진 박 선생님과 진솔이도 보고.

여기 있는 사람 중 저 위로 올라가지 못할 사람은 없어. 모두 백 사람의 입에서 안타까움이 담긴 탄식의 말을 들을 수 있는 사람들이니까. 그들이 어떻게 살았을지 짐작이 가지? 이미 그들은 아름다운 사람들이야. 진솔이도, 박 선생님도. 그리고 도하 너는 더욱 그렇고."

도하는 할머니가 자신을 아름다운 사람이라고 할 때 쑥스럽고 부끄러워서 절로 고개가 움츠러들었다. 사람을 격조 있게 만들어 주는 말인 것 같은데, 자신이 그런 말을 들을 자격이 있나 싶기도 했다. 그리고 문지기라니. 할머니는 도하가 이곳의 손님이자 주인이며, 훗날에는 문지기가 될 거라고 했다. 할머니 말을 중간에 끊을 수 없어서 그게 무슨 뜻인지 물어보지 못했다. 확인하기 위해 도하가 입을 떼려는 순간, 할머니는 다시 말을 이었다.

"지금은 수암 서점 저 양반과 나만 남아 있어. 번갈아 이곳을 안내하고 있지. 달빛 속에서는 내가, 수암 저 양반은 주로 해 질 녘까지 번을 서는데, 수암은 잠이 아주 많아. 오후에 햇살이 수그러들면 잠이 쏟아져서 지금 쿨쿨 자고 있을 거야. 책을 정리하다 말고 또 곯아떨어졌을 거야.

믿거나 말거나지만, 수암은 전생에 허균이었대. 허균은 살아생전 잠이 많은 것을 병이라고 생각한 사람이야. 그러고 보면 내가 생전에 허균을 닮았던 게 아닌가 싶어. 나도 잠자는 걸 늘 아까워했으니까. 해가 짧아지면 그렇게 서운할 수가 없어. 잠이 들락 말락 할 때는 마치 가위라도 눌린 것처럼 숨이 안 쉬어져 깨기도 해. 잠이 드는 게 마치 깊은 물속으로 가라앉는 것처럼 두렵고 갑갑했어. 자기 통제력이 강한 사람이 흔히 그런다고 하더군. 잠들면 통제력을 잃을까 봐 두려워서 물 위로 튀어오르듯 잠을 몰아내는 거지. 그것도 내가 갖고 있던 강박이었던 거야. 그럴 때마다 나는 아득한 절망감을 느꼈어. 나락으로 떨어지는 기분이었지. 생명이 갖고 있는 원초적인 우울을 그 순간에 만나는 것 같았어.

아 참, 수암 얘기하던 참이었지? 수암은 이번 생에는 전생과 반대로 잠이나 실컷 자야지 했다는데, 허균의 수집벽이 되살아나고 말았대. 그 덕분에 수암은 평생 책만 모으다가 책 때문에 죽었어. 그런데도 여기에서 여전히 책을 만져. 자기는 이것밖에 할 게 없대. 책 이상으로 매력이 있는 걸 본 적이 없다고 했으니까. 조금 있으면 나올 거야. 그때 더 자세히 물어봐."

"할머니는요?"

진솔이 궁금해 죽겠다는 표정으로 물었다.

"나? 나는 무엇을 했냐고? 난 무역업을 했지. 종종 히트 상품을 낸 유통업자였어."

"어, 할머니, 잠깐만요."

진솔이 할머니 얼굴을 들여다보며 말을 끊었다.

"우왕~, 그 멋쟁이 할머니, 맞죠? CF에도 나왔던."

도하와 박한상도 접시꽃 할머니의 얼굴을 다시 보았다. 진솔이 알아볼 정도라면 셀럽이라는 얘기인데.

"얼굴에 구멍 나겠어, 그만들 들이대. 호호호."

접시꽃 할머니가 적정 거리를 두고 싶다는 듯 몸을 뒤로 뺐다.

"할머니, 따님이 유고 원고를 모아 낸 '공허한 내 방'의 주인공, 맞죠?"

박한상이 반색을 하며 말했다.

"제가 그거 읽고 얼마나 울었는데요."

"호호호, 반갑고 고맙네요. 내가 세계 각지를 다니면서 수집한 수집품에 얽힌 이야기와 그때 만난 사람들에 관한 메모와 사진을 모아 딸이 책으로 냈더군. 제목이 아주 마음에 들었어. 결국 이렇게 될 줄 알았지, 하는 내 마음을 너무나 잘 표현한 것 같았거든.

철들자 노망이라고, 너무 바쁘게 산 거 같아 어느 날 크루즈 여행을 떠났어. 아주 느린 여행을 선택한 거지. 코로나가 막 돌기 시작한 때였어. 방역과 검사를 철저히 한 후 승선했지만, 하필이면 크루즈의 요리사가 보균자였던 거야. 배 안의 승객들에게 전염병이 번지는 건 시간문제였지.

나랑 선실을 같이 쓰던 꼬마 아가씨가 있었어. 그런데 글쎄, 그 꼬마 아가씨가 제 엄마 없을 때 나한테 귓속말로 비밀을 털어놓았는데, 엄마가 아빠랑 이혼하고 그 기념으로 크루즈 여행을 떠나는 거라고 했어. 웃으면 안 되는데, 생각하면서도 꼬마 아가씨랑 배를 잡으며 어찌나 웃었는지 몰라.

꼬마 아가씨도 아빠가 집에 들어오지 않길 바라던 날이 많았대. 아빠는 집에만 들어오면 늑대처럼 변했대. 아빠의 무시무시한 이빨에 언젠가는 잡아먹힐 것 같아 늘 불안했대. 엄마는 아빠의 사나운 이빨을 피할 방법으로, 당분간 바다 위에서 사는 게 좋겠다고 했대. 그래야 아빠가 찾지 못할 거라고 하면서. 자기는 지금 너무 행복하대. 엄마도 너무 행복할 거래.

그런데 그 꼬마 아가씨와 내가 코로나에 감염된 거야. 둘 다 기침과 고열이 나고 온몸이 땀으로 범벅이 되었지. 바다 위에 고립된 크루즈에서는 누구도 내리지 못하고 타지도 못했어. 바이러스 덩어리로 취급되어 봉쇄되었어.

해열제가 턱없이 부족했어. 몇몇 사람을 빼고는 다 전염이 된 상태였으니까. 다행히 전염이 되지 않은 꼬마 아가씨의 엄마는 나와 아이를 극진히 간호했어. 세상에서 가장 친절하고 따뜻한 손길이었어.

내게 남은 마지막 해열제를 꼬마 아가씨에게 주었지. 열을 이기지 못해 까라져 있어서 눈도 뜨지 못했거든. 그런데 해열제도 소용없었나 봐. 그날 밤, 꼬마 아가씨는 고열에 시달리다 까무러치며 경기를 하더니 결국 숨을 쉬지 않았어.

사망자가 나오면 무조건 차디찬 바닷속으로 수장시켰어. 방법은 그것밖에 없다고 했어. 그래야 한 명이라도 더 살릴 수 있다고.

어느 날부터 꼬마 아가씨의 엄마도 보이지 않았어. 감염되었냐고? 아닌 것 같아. 나를 돌보다가도 미친 사람처럼 난간으로 달려나가 바다를 하염없이 바라보는 것을 반복했거든. 자긴 나쁜 엄마래. 아이를 물 속에 혼자 두었다고, 그것도 망망대해에 떠돌게 만들었다고. 아이가 너무 추워할지도 모른다며 아이 곁으로 가야 한다고 했어. 의식이 가물가물 꺼져 가는 내 앞에서 그렇게 혼잣말하듯 뇌까린 뒤 보이지 않았어.

나는 꼬마 아가씨와 그의 엄마가 누웠던 빈 침대를 바라보며 눈을 감았어.

　내가 누군가가 중단한 삶을 이어서 쓰는 거라면 꼬마 아가씨의 엄마이지 않을까 생각했어. 나는 지금도 꼬마 아가씨와 그 엄마와 함께 크루즈 여행을 하는 중이라고 생각해. 그래서 더욱 천천히 시간을 보내야 해. 오랫동안 배에서 내리지 않아야 안전하다고 했으니."

　박한상은 '공허한 내 방'이라는 제목에 끌려 책을 보게 되었다. 노랑 접시꽃 할머니의 말을 듣고 나니, 고개가 절로 끄덕여지는 제목이라는 생각이 들었다.

　"책 제목은 누가……."

　"공허한 내 방? 내 메모장 맨 마지막에 있는 말을 딸이 발견하고 붙여 주었을 거야."

　"왜 '공허한'이라는 말을 맨 마지막에 써놓으셨나요?"

　박한상이 조심스럽게 물었다.

　"삶이 공허한 걸 누가 모르나. 나는 다들 알고 있다고 생각해. 그럼에도 불구하고 살아 있는 동안에는 손안에 뭔가를 넣으려는 게 본능이지. 공허하다고 다 놓아 버리면 남아날 사람이 있겠나. 그러니 너무 미워하지 말게. 결국 돌아와 내 방문을 열어 보았을 때, 가득 찬 것 같았지만 사실은 텅 비었다는 것을 확인한다 하더라도 그건 마지막에나 할 얘기인 거지."

　박한상은 자신이 아직 놓지 못한 미움의 뿌리를 할머니에게 들킨 것 같아 놀랍고 부끄러웠다.

"뭘 해도 공허하고, 안 해도 공허하다면 뭘 해 보는 쪽을 선택하는 게 낫지 않겠나? 나도 여기 와 보니 내가 했던 공허한 일들이 절대 공허하지 않았다는 것을 알게 되었지 않은가."

책들의 무덤

접시꽃 할머니의 말이 끝나기가 무섭게 1층 카페에서 머리칼이 덥수룩하게 부풀어 오른 사내가 나왔다. 아주 무료하고 긴 호흡의 마른 하품 소리를 내며.

"어, 수암 아저씨다."

진솔이 반가운 목소리로 알은체했다. 수암이 느린 걸음으로 도하 일행에게 다가왔다.

도하는 고개를 숙여 인사했다. 박한상도 정중히 고개를 숙였다. 박한상은 수암이 책 수집가라는 말을 듣고부터 계속 만나고 싶어 하는 눈치였다.

수암 아저씨는 접시꽃 할머니에게 허리 숙여 인사를 건넸다. 접시꽃 할머니는 고개를 끄덕이며 이제 자네가 안내하라는 듯이 말없이 뒤란으로 향했다.

접시꽃 할머니가 지나며 손을 내밀자 꽃들은 더욱 선명한 빛을 내며 싱그러워졌고 푸른 잎사귀는 더욱 벌어지며 짙푸른 빛깔을 띠었다. 마법이었다.

수암 아저씨는 카페로 가자는 듯 말없이 손을 내밀어 안내했다. 카페 안에 들어서자 벽에 걸려 있는 서각의 글귀가 한 자 한 자 눈에 들어왔다. 할아버지가 계실 때도 있던 것이라 눈에 익긴 했지만, 제대로 읽어 본 건 처음이다.

집은 겨우 벽만 세웠지만
온갖 책 갖추고
차 한 사발 따르고
향 한 대 사르고
그 속에서 마음 안온하고
몸 편안하다.

— 허균의 시 「누실명」 중 일부

서늘한 공기 속에는 책 냄새가 분진처럼 퍼져 있다.

지금 보니 카페는 허균이 쓴 저 글귀를 염두에 두고 만든 공간이었다. 할아버지가 살아 계실 때도 같은 구조였는데, 그때는 눈에 들어오지 않았다. 할아버지의 뜻이 저 글귀와 같았음을 수암 아저씨가 읽어 내어 이 공간에 반영한 듯했다. 벽체와 벽체 사이로 뒤란에서 꽃을 가꾸는 접시꽃 할머니의 모습이 훤히 보였다. 건물 가장자리에는 좁다란 빗물받이 자갈길을 만들어 놓았다. 비 오는 날에 처마에서 떨어지는 빗방울 소리를 들을 수 있게.

수암이 향 한 대를 사르자, 책 냄새는 사라지고 향내가 녹진하게 번졌다.

카페 벽면에는 책이 정연하게 꽂혀 있다. 책마다 뿜어져 나오는 아우라가 달랐다. 사람의 빛깔과 기의 세기가 각각 다른 것처럼 책도 그랬다.

책장 앞에 서서 넋을 놓고 있는 박한상과 도하에게 진솔이 앉으라고 재촉했다.

"수암 아저씨도요. 빨리 아저씨 얘기 듣고 싶어요."

수암은 탁자 위에 놓인 찻잔으로 입술을 축인 뒤 입을 떼었다.

수암은 점점 쇠락해 가는 구도심에서 헌책방을 운영했다. 그곳은 월세도 저렴했고, 무엇보다 헌책방 골목으로 이름이 나서 외지 사람들이 순례하듯 책을 사러 오는 곳이었다.

하지만 스마트폰이 본격화되면서 분위기가 달라졌다. 책을 통해서 활자를 읽는 사람이 줄어들었다. 사람들은 더 이상 '헌'이라는 말이 붙은 물건을 가까이 하지 않았고, 그나마도 대형화된 중고 서점을 이용했다. 헌책방 골목을 찾는 사람은 아주 빠르게 줄었다. 헌책방이 하나둘씩 문을 닫았고, 구도심은 더 이상 사람들이 오지 않는 공간이 되었다. 밀어 버리고 아파트를 지어야 된다, 안 된다, 아날로그 문화거리로 보존해야 된다는 얘기가 분분하게 돌았다. 정작 그곳에 세 들어 사는 사람들에 대한 얘기는 오가지 않았다.

사람들이 찾지 않는 헌책방 골목은 무덤처럼 변했다. 건물주들은 개발업자와 손을 잡고 세입자를 내보내기에 급급했다. 수암도 그곳을 떠날 수밖에 없었다. 문제는 분신과도 같은 책들이었다. 수십 년 동안 쌓아 올린 책의 높이는 가게의 천장까지 채우고도 남았다. 책방은 간신히 한 사람 다닐 정도의 공간만 남겨 놓고 온통 책으로 채워져 있었다. 수암 서점뿐만 아니라 그 골목의 헌책방이 대부분 그랬다.

옆 가게 황 씨는 헌책을 무게 단위로 팔거나 재활용으로 넘겼다. 수암은 자식 같은 책을 그램 수로 팔아넘기는 짓은 하고 싶지 않았다. 또 다른 헌책방을 운영하던 송 씨는 어느 날 사라졌다. 자신의 책들을 버리든 재활용으로 넘기든 전적으로 수암에게 맡긴다는 메모와 함께. 얼마 뒤, 그의 월세방에서 '보증금에서 밀린 월세와 세금을 제하고, 남은 돈은 자신의 시신이 발견되거든 화장 비용으로 써 달라'는 메모가 발견되었다.

책을 옮길 곳이 필요했다. 수암은 고향으로 내려갔다. 젊은 시절, 책을 기증해 마을회관에 도서관을 만들고 아이들에게 장학금을 내놓던 그를 사람들은 환대했다. 수암의 처지를 알게 된 동네 사람들은 너도나도 땅을 내놓았다. 수암은 그중 경사도가 있어서 물 빠짐이 심해 농사를 지을 수 없는 땅을 골랐다. 그래야 방 빼라는 말을 두 번 다시 듣지 않을 것이다. 마을 뒷산 너머에 있는, 세상으로부터 돌아앉은 후미진 지세였다. 책과 함께하기에는 적격이라고 생각했다. 그곳에 발을 들였을 때, 수암은 책들과 함께 비로소 안착한 듯 편안해졌다.

서점 이름은 그대로 수암 서점이라고 했다. 그곳에 있던 것을 그대로 옮겨 왔으니 이름도 똑같이 쓰는 게 좋겠다고 생각했다.

산골짜기에 있는 책방은 사람들의 관심을 불러모았다. 거기다 송 씨 책방의 책까지 합쳐졌으니 규모가 두 배로 늘어, 보유한 장서의 종류와 권수로는 따를 곳이 없었다. 지방 신문의 문화면에 실린 후, 젊은 연인들이 찾아와 인증 숏을 찍어 SNS에 올리자 수암 서점은 삽시간에 이름이 났다. 골짜기에 숨어든 듯한 기묘한 분위기가 사람들의 발길을 더 끈 듯했다. 하지만 방문자들은 책을 사지는 않았다. 책으로 뒤덮인 동굴 속 같은 서가에서 손에 잡히는 책을 들고 사진은 찍을지언정, 돌아갈 때는 빈손이었다.

어느 해 여름, 폭우가 덮쳤다. 양철지붕을 때리는 빗소리에 놀라 뛰쳐나왔을 때는 이미 늦었다는 것을 알았다. 계곡물이 한꺼번에 쏟아져 내려오고, 한 권의 책이라도 건져 보려는 수암의 손길은 허망하기 이를 데 없었다. 빗물은 골짜기를 타고 폭포처럼 쏟아졌다. 산 아래 있는 것들을 모두 쓸어 버릴 것 같은 성난 물줄기였다. 물은 경사진 땅에 쌓인 것을 한꺼번에 휩쓸어 버렸다. 책장은 제일 위에 있던 것부터 아래쪽으로 도미노처럼 쓰러지기 시작했다.

"나는 어떻게 되었냐고? 수십 수만 권의 책 아래서 백골이 되어 가고 있지. 책은 내 무덤이 되었다. 책으로 만들어진 무덤, 그 안에 내가 있다."

도하는 수암의 말이 끝났는데도 책 무덤에서 빠져나오지 못했다. 자갈밭 비탈에 서가를 세우고 양철지붕으로 얼기설기 덮은 허름한 책방, 그 아래 백골이 되어 가는 한 사내의 모습이 너무나 강렬했다.

"아저씨는 왜 책에 빠지셨나요? 접시꽃 할머니 말로는 이 세상에서 책만큼 매력적인 물건은 없다 하셨다고 들었어요."

도하는 그게 궁금했다.

"살다 보면 오도 가도 못 할 때가 있어. 그만두자니 이제까지 온 길이 뭔가 싶기도 하고, 더 가자니 앞은 깜깜하고. 그럴 때는 최선의 선택을 하는 수밖에 없어. 나와 또 다른 내가 정면으로 마주보며 또 한 번의 선택을 하는 거지. 그럴 때 들려오는 대답이 있지."

"그게 뭔데요?"

진솔이 궁금해 죽겠다는 듯 숨이 넘어가는 목소리로 물었다.

박한상 또한 숨소리도 내지 않고 수암의 말에 귀를 기울였다.

"책은 내 존재 증명 같은 거지. 그거라도 하지 않으면 내가 뭘 하겠어. 결국 자기의 존재를 인정하고 증명하는 것도 다 자신의 몫이야. 비록 그걸 하다 죽어도 그게 제일 행복한 일 아니겠어? 날 봐. 여기서도 결국 책을 손에 들고 있잖아. 삶을 중단하지 않고 살아가는 것, 그건 바로 이거였어."

수암 아저씨는 손에 든 책을 흔들어 보이며 말했다.

박한상은 '존재 증명'이라는 말에 가슴이 툭 내려앉았다. 수암의 그 말은 자신이 사람이고 싶은 첫 번째 이유이기도 했다. 그러니 자신이 지금 여기에 다다른 것도 수암과 다르지 않은 이유인 것이다. 끝끝내 사람이고 싶었던 이유, 선생으로서 끝끝내 버릴 수 없었던 것을 비로소 마주하고 서 있는 기분이었다.

"세상이 변하고 변해서 쓸모가 없어진 것을 하고 있더라도 계속 살아가야 하니까, 어찌 됐든 존재까지 사라지게 두는 건 아니란 생각이 들어서야. 내가 수집한 수십 수만 권의 책이 내 무덤의 봉분이 된 것도 난 나쁘지 않았어. 아, 혹시 말이야, 이곳을 나가게 되면 내 부탁 하나 들어주게나. 수암 서점에 가 줄 수 있겠나?"

도하는 수암 아저씨 말을 듣고 한 발짝 물러섰다. 이곳을 나갈 수 있긴 한 걸까? 왜 다들 자신이 여기에서 나갈 수 있으리라는 전제하에 말을 하는지 모르겠다. 그렇지만 수암 아저씨의 간절한 눈빛 때문에 도하는 자신도 모르게 고개를 끄덕거렸다. 사실 수암 서점에 가 보고 싶은 마음은 벌써부터 굴뚝같았다.

"내가 여기에 머무는 시간을 번 건 송 씨 때문일 거야. 다행히도 송 씨가 갖고 있던 책을 함부로 하지 않고 옮긴 뒤 일이 났으니, 송 씨를 볼 면목이 없지는 않아."

수암 아저씨는 홀가분한 얼굴로 돌아서서 책을 서가에 꽂았다.

한 사람이 문안으로 들어와 틈새의 시간을 쓰려면 삶을 중단한 사람의 시간을 확보해야 한다고 했다. 결국 진솔이 여기에 온 건 그 친구 때문이고, 박한상 선생님이 이곳으로 오게 된 것도 시훈 선배 때문인지도 모른다. 두 사람의 못다 한 시간까지 살아 내는 것, 그것이 이곳에 머무는 자의 일일 거라는 생각이 들었다.

박한상은 이곳에서도 밥을 하기로 했다. 아이들이 맛있게 먹어 주던 아침밥을 마련하던 것이 살아 있을 때 자신이 가장 잘한 일이라는 생각이 들어서였다. 만약 시훈이 버리고 간 시간을 자신이 쓰는 거라면, 그것이 그 아이의 아픈 가슴을 조금이라도 따뜻하게 해 줄 수 있을 거라는 생각이 들기도 했다.

"세상에는 왜 그렇게 가슴 아픈 일이 많을까요?"

화살을 온몸에 맞고 죽어가는 사슴의 눈으로 묻던 시훈의 눈빛이 잊히지 않았다. 세상의 온갖 상처를 쓸어 담은 그 눈빛을 보며 무엇을 해야 아이들에게 그래도 세상이 따뜻하다는 것을 보여줄 수 있을까, 고민한 끝에 아침밥 먹기 운동을 시작했던 것이다. 시훈이 정말 맛있게 먹었었는데.

낮달이 서서히 기울었다.

모두 방으로 들어갔다. 선선한 저녁 바람이 숲 너머에서 불어왔다. 풀 냄새가 차갑게 살갗에 와 닿았다. 도하는 발목에 스치는 잔디의 차가움을 느끼며 할아버지와 산책하던 때를 떠올렸다. 꼭 이맘때 할아버지는 어린 도하의 손을 잡고 정원을 거닐었다.

도하는 백화등 덩굴 아래 놓여 있는 의자에 앉았다. 눈을 감았다. 도하의 머릿속은 어느새 학교와 집으로 가득했다. 주령 샘과 사모님은 어떻게 지내고 있을까. 엄마와 아빠가 나를 애타고 찾고 있지는 않을까. 삼촌은 여전히 땅을 팔자고 다섯 살 아이처럼 엄마를 못 살게 굴고 있을까. 다들 그리웠다. 머나먼 여행지에서 집을 그리워하는 느낌이었다.

진솔의 방에서 비명 소리가 난 건 한참 뒤였다. 진솔의 방은 2층 회랑의 끝방이다. 도하는 단숨에 2층으로 뛰어올라 진솔에게로 향했다.

시간선 옷

"무슨 일이야?"

진솔은 제 방에서 펄쩍펄쩍 뛰며 돌고 있었다.

"드디어 내 카운터기의 숫자가 한 개 줄어들었어!"

"뭐? 그래서 비명을 질렀던 거야? 아우, 놀라라."

"카운터기가 움찔움찔 움직이길래 들여다보고 있었거든. 최소
한 나를 아깝다고 한 사람이 한 사람은 된다는 얘기잖아. 누굴까?
우리 엄마일까? 엄마는 그럼 내 죽음을 받아들인 걸까?"

진솔은 믿기지 않는 듯 카운터기를 보고 또 보았다.

"숫자 한 개 넘어가는 게 이렇게 어려운 거였네. 심장이 얼마나
쫄깃거렸는지 몰라."

카운터기는 마치 살아 있는 듯 방의 주인을 쥐고 흔드는 것 같
았다.

"이럴 줄 알았으면 잘 살아 볼걸."

"무슨 소리야? 너만 한 아이도 드문 것 같은데. 죽겠다는 친구
한테 손 내밀 수 있는 용기를 가진 아이가 몇 명이나 될 것 같냐?
난 못 해."

도하는 고개를 절레절레 흔들었다.

"정말?"

"그래. 그리고 여기는 아무나 오는 곳이 아니잖아. 함부로 시간
을 쓴 사람은 발도 들일 수 없는 곳이라고 접시꽃 할머니가 말했
잖아. 그러니까 넌 최소한 여기에 들어온 것만으로도 자격이 있
는 거야. 네가 스스로 죽은 게 아니라는 것만 밝혀지면 백 명? 그
까이꺼 아무것도 아닐 거다. 당연히 나도 1인 추가. 물론 내가 돌
아간다면 말이야. 아깝다고 꼭 말해 줄게. 그리고 네가 보고 싶을
거야, 몹시."

진솔의 얼굴이 환하게 펴지는 것과 동시에 물방울 떨어지는 소
리가 들렸다. 그 소리는 동굴 속의 반향음처럼 방 안을 가득 채웠
다. 진솔과 도하는 동시에 카운터기를 바라보았다. 카운터기의 숫
자가 또 움직였다.

"오오오, 방금 전에 내가 아깝다고 한 게 반영된 걸까? 그럼 여
기서도 숫자를 줄이는 게 가능한 거잖아."

"그런 건가? 넌 여기서 손님이라고 했으니 가능한 건지도 몰라.
이것만 봐도 너는 돌아갈 자격이 충분히 있는 거야. 내 카운터기

를 네가 움직였잖아."

카운터기가 움직이는 바람에 진솔은 도하의 마지막 말을 듣지 못한 것 같았다. 말하고도 마음이 간질거렸는데 잘됐다 싶었다.

진솔은 방금 전까지 하던 것을 다시 바라보며 생각에 잠겼다.

"이건 뭐야? 바느질을 하고 있는 거야?"

도하가 물었다.

진솔은 사람 형상의 마네킹에 옷을 입히고 있다. 인화된 사진을 조각 천처럼 잇대어 바지와 상의를 만들려는 것 같았다. 도하는 진솔이 무엇을 하려는지 도무지 짐작이 가지 않았다.

진솔이 프린터기의 버튼을 누르자 한 장의 사진이 출력되었다.

"저 바지 밑단부터 사진을 죽 따라 읽어 봐. 한 사람의 일생이 보일 거야."

도하는 사진들을 보기 위해 마네킹 주위를 돌며 살폈다. 인상을 쓰며 우는 갓난아기도 있고 팔에 깁스를 한 어린 여자아이가 있기도 했다. 왕관을 쓰고 발표회를 하는 모습도 있었으며 어떤 사진에는 교복을 입은 진솔의 중학교 때 얼굴도 보였다. 진솔과 함께 어깨동무를 한 '그 친구'의 모습도 있다.

"잇대어져 있는 사진들에는 한 사람의 일생이 담겨 있어. 그러니까 저 바지에는 한 사람의 시간선이 그려져 있는 셈이지. 사람의 몸에는 그 사람이 살아온 내력이 고스란히 새겨져 있다고 하잖아. 아주 결정적인 사건들은 더욱 선명한 무늬를 남길 것이고.

아직 쓰여지지 않은 시간은 지나온 시간을 보면 답이 나올 거라고 해서, 내가 누구인지 알아보려고 하는 중이야."

"멋진데?"

도하는 놀라워서 입이 벌어졌다.

"정말? 정말 그렇게 생각해?"

"어떻게 이런 생각을 한 거지? 이런 말 자꾸 들으면 기고만장할 것 같아서 안 하고 싶은데, 넌 볼수록 대단해."

"아유, 뭘. 접시꽃 할머니와 수암 아저씨 말을 들으면서 생각해 본 거야. 사람은 자신이 써 온 습관대로 시간을 쓴다잖아. 그러니 다르게 살고 싶다면 시간도 다르게 써야겠지. 새 옷을 입으려면 새롭게 직조해야 하듯 말이야. 나는 내 선택으로 직조한 시간선 옷을 입는 거라고 생각하면 될 것 같아."

진솔은 자신이 할 수 있는 것을 하면 서서히 카운터기의 숫자도 변하고 자신만의 시계도 움직일 거라는 생각이 들었다. 행여 카운터기의 숫자가 꼼짝하지 않아 이곳에 오래 있게 되더라도 뭔가를 해야만 견딜 수 있을 것 같았다. 특히 진솔 자신처럼 어린 나이에 오는 친구들은 뭐가 뭔지 모른 채 오기 때문에, 이렇게 눈에 보이게 옷을 지어 주면서 그들이 어떻게 살았고 앞으로 무엇을 하며 시간을 쓸지 구체화할 수 있도록 도와주는 것도 좋겠다는 생각이 들었다. 또한 친구가 삶을 중단하지 않았다면 시간을 어떻게 썼을지 상상하며 옷을 만들어 봐도 좋을 것 같았다. 친구를 위해 자신이 해 줄 수 있는 일은 그것뿐이라는 생각이 들었다.

"제법이야."

"너와 헤어지는 게 아쉽긴 하지만 죽은 자가 산 자를 잡는 것만큼 못된 짓도 없다고 하셨어, 너희 선생님이. 그러니 매몰차게라도 너를 돌려보내는 데 협조해 달라고 하셨어."

선생님이랑 언제 또 그런 말을 나눴을까.

"방법을 모른다니깐."

"그건 너만이 찾을 수 있는 거라잖아."

"됐고, 나도 만들어 줘, 시간선 옷."

"어허, 산 자가 감히 죽은 자의 세계로 오려고 해?"

진솔이 장난기 섞인 목소리로 말했다.

"나도 나를 알고 싶다고. 할아버지가 내게 무엇을 원하는지 알고 싶으니까, 진솔이 너처럼 그런 작업을 해 보면 왜 할아버지가 나한테 여기를 맡겼는지 알 수 있잖아."

"야, 시간선 옷을 만들지 않아도 나는 훤히 알겠던데. 네가 여기까지 오게 된 건 네가 여기 주인인 것도 있지만, 그간 네가 살아온 시간과도 맥이 닿는 거 같아. 네 말대로 여긴 아무나 오는 곳이 아니라며. 그럼 여기 주인은 아무나 되겠어? 할아버지가 일찌감치 알아보신 거지. 아, 네 덕분에 좋은 생각이 났어."

"응? 너는 뭐 막 아이디어가 샘솟니?"

"카운터기가 움직이지 않는 건 이승에서 나를 추억하는 사람이 많지 않다는 얘기잖아. 그런데 여기 틈새로 오는 사람은 앞으로도 계속 있겠지. 그분들에게 시간선 옷을 만들어 주는 일을 해 보면 어떨까? 각자의 방에서 셀프로 만들어 보는 걸 돕는 것도 좋고. 그분들이 내 솜씨만 보고도 아깝다는 말을 할 수 있도록 해 보는 거지. 반드시 산 자들의 입을 통해서만 카운터기가 움직인다고 해도, 일단은 내가 할 수 있는 걸 해 보는 수밖에."

진솔이 말을 마치며 야무지게 입을 앙다물었다. 도하는 의연한 진솔을 보며 보고 싶을 거란 말을 먼저 하길 잘했다는 생각이 들었다.

맛있는 냄새가 났다. 빵 굽는 냄새에 치즈 냄새가 섞여 올라왔다. 진솔은 어느새 냄새를 따라 1층으로 뛰어 내려갔다. 도하는 냄새가 어디서 올라오는지 알기 위해 회랑 창문으로 밖을 내다보았다. 냄새는 1층 연회장 쪽에서 나는 것 같았다. 아까 밥상 선생님이 여기서도 밥을 해 보겠다고 했는데 당장 저녁부터 차리고 계신 모양이다.

그런데 선생님 음식 솜씨가 이렇게 좋았다고? 도하는 그동안 학교에서 먹은 아침밥을 떠올렸다. 김밥, 주먹밥 또는 삼각김밥, 떡볶이, 셀프 또띠아 피자, 핫도그. 셀프 아침밥을 먹으려는 아이들로 복작복작했던 조리실 옆 회랑도 함께 떠올랐다. 그때 그 시절 냄새가 고스란히 되살아난 것 같아 괜히 울컥했다.

식은 햇빛이 잔디 광장 위에 금빛으로 누웠다. 그때 잔디가 옆으로 스러지는 소리가 들렸다. 도하는 2층 회랑 창문에 서서 새로운 방문자를 보았다.

너무 어린 친구였다. 게다가 맨발이었다. 도하는 가슴팍이 쓰릴 정도로 마음이 아팠다.

어린 방문자는 냄새를 따라 틈새, 노닐다의 철문을 통과하고 언덕을 올라 광장까지 올라섰는지 계속 침을 삼키며 목을 길게 빼고 건물 앞을 기웃거렸다.

도하는 1층으로 내려가 잔디 광장으로 나섰다.

"혀엉! 배고파요."

몇 살쯤 됐을까? 너무 말랐다. 꼬마는 달려와 도하의 손을 덥석 잡았다.

"어, 잡히지가 않네."

꼬마가 혼잣말처럼 말하곤 도하를 올려다보았다. 먹구슬처럼 까만 눈이었다. 푸른 물이 들어 있는 것처럼 깊고 맑았다.

"신발도 없이……."

도하는 꼬마의 발을 쳐다보며 물었다.

"어떻게 여기까지 왔어?"

"재밌었어요. 늑대도 달려오고 토끼도 달려오고. 하하하, 원숭이는 붕붕 날고요."

"하하하, 정말?"

아이들 눈에는 검은 숲이 그렇게 보일 수도 있겠다는 생각이 들었다.

"배고파요."

꼬마는 침을 삼키며 연신 배가 고프다고 했다.

"이름이 뭐니?"

"달콩이요."

"응? 달콩이라고?"

"엄마가 지어 준 이름이에요. 제가 엄마 배 속에 있을 때 지어 준 이름요."

"아, 그래, 태명이구나."

"엄마는 엄마가 아빠랑 헤어진 뒤로 만나지 못했어요. 아빠와 새엄마가 만나지 못하게 했어요."

도하는 달콩이와 연회장 쪽으로 향했다. 연회장 입구는 맛있는 냄새로 가득했다. 침이 계속 고였다. 냄새만으로도 식욕이 동할 정도로 마늘 익어 가는 진한 냄새와 크림수프 향이 잔디 광장으로 퍼졌다.

밥상 선생님이 바쁜 손길로 음식을 플레이팅하면 진솔이 서빙을 했다.

달콩이가 들어서는 걸 보자 박한상도 진솔도 눈을 동그랗게 뜨고 무척 놀라워했다.

"냄새가 기가 막힙니다."

수암 아저씨가 입맛을 다시며 연회장으로 들어서다 달콩이를

보고 말을 멈췄다. 다들 얼음이 된 듯 아무 말도 못 하고 그 자리
에 서 있었다. 다른 사람들의 마음도 도하가 달콩이를 처음 봤을
때의 심정과 다르지 않을 것이다.

"여긴 달콩이."

도하가 나서서 침묵을 깼다. 달콩이는 의자에 앉아 벌써 포크
를 손에 쥐었다. 의자가 너무 낮아 달콩이의 얼굴만 보였다. 수암
아저씨가 카페에서 벽돌만 한 두께의 책 두어 권을 가져와 의자
에 쌓고 그 위에 달콩이를 앉혔다. 달콩이는 식탁의 주인처럼 위
로 쑥 올라왔다. 접시꽃 할머니가 달콩이에게 물수건을 건네며
미소를 띠었다.

진솔은 제일 먼저 페이스트리 파이 컵 수프를 식탁에 놓았다.

"뜨거우니 조심해야 해."

진솔이 달콩이에게 상냥한 목소리로 주의를 주었다. 달콩이는
천진난만한 얼굴로 파이 컵에서 눈을 떼지 못한 채 고개만 끄덕
거렸다. 먹으라고 말만 하면 곧바로 집어삼킬 듯한 태세였다.

접시꽃 할머니가 포크로 파이를 깨트리자 달콩이도 따라 했다.
할머니가 김이 모락모락 올라오는 수프를 한 스푼 뜨자 달콩이도
숟가락을 들어 수프를 먹어 보더니 순식간에 입 안으로 쓸어 넣
었다. 그러고는 고개를 흔들며 눈을 지그시 감고 너무 맛있다고
했다.

진솔이 또띠아 피자 말이를 들어 한 입 베어 물자, 달콩이도 따

라 했다.

달콩이는 나오는 음식마다 흡입하듯 배 속에 집어넣었다. 작은 체구인데도 음식이 끝없이 들어갔다.

수암 아저씨는 해장국 한 그릇이 생각나는지 자꾸만 주방 안을 넘겨다보았다. 밥상 선생님이 눈치를 채고 빨간 고추장과 계란 프라이를 고명으로 얹은 비빔밥을 건넸다.

"박 선생님, 어린 친구가 올 줄 안 것처럼 입맛에 맞는 걸 만들어 주셨네요. 요리 솜씨도 수준급이십니다. 이렇게 맛있는 음식, 정말 오랜만입니다."

접시꽃 할머니가 아주 흡족한 얼굴로 말했다.

"누가 오는지 제가 알 수가 있나요. 그저 제가 어떤 한 친구의 시간을 이어서 쓰는 것 같아 그 친구를 위한 시간을 쌓는다는 마음으로 준비해 보았습니다."

식탁 한편에는 페이스트리 파이 컵과 또띠아 피자 한 조각, 갓 구운 스테이크 몇 조각이 놓여 있다. 시훈을 위한 밥상이라고 했다. 접시꽃 할머니가 그 밥상에 시선을 주며 말했다.

"암요, 암요, 알고 있지요."

밥상 선생님은 도하 앞으로 스테이크를 더 밀어 주었다.

"많이 먹어라. 이제 준비해야지."

시훈의 밥상을 보며 생각에 빠져 있는 도하에게 박한상은 훅, 하고 주먹을 내밀 듯 말했다.

도하는 선생님 얼굴을 바라보았다. 진솔과 수암 아저씨, 접시꽃 할머니도 먹는 것을 멈춘 채 도하를 바라보았다.

"도하를 이제 보내 줘야지요. 도하가 저 있던 자리로 돌아가지 못하는 건 아무래도 저 때문인 것 같습니다. 선생이 제자의 발목을 잡고 있으면 안 되지요."

박한상이 일행을 둘러보며 말했다.

"부탁이 있다. 집사람 만나거든 내가 무척 추워한다고 전해 다오. 집사람은 그게 무슨 말인지 금방 알아들을 거다."

도하는 돌아가고 싶은 마음이 있는 건지 없는 건지 잘 모르겠다는 생각에 어떤 대답도 하지 못했다. 선생님, 진솔, 수암 아저씨, 접시꽃 할머니와 헤어지는 게 못내 서운했다. 방금 전에 만난 달콩이도 너무 아프고 귀엽고 사랑스러웠다.

달콩이는 테이블에서 오가는 대화는 신경 쓰지 않고 입에 연신 음식을 밀어 넣었다. 도하가 자신의 스테이크 접시를 달콩이에게 밀어 주었다. 달콩이는 말없이 접시를 다시 도하에게 밀고는 말했다.

"이건 형 거예요, 잘 먹었습니다."

달콩이가 고개를 숙이며 인사했다. 도하는 생각보다 달콩이가 그리 어리진 않을 거란 느낌이 들었다. 진솔이 도하의 마음을 알아챘는지 아주 밝은 목소리로 물었다.

"달콩아, 몇 살이니?"

수암 아저씨도 밥상 선생님도 모두 달콩이 입만 바라보았다. 달콩이는 이 식탁의 왕자이자 꽃이었다.

"열 살이에요."

열 살이라니. 그렇다기엔 너무 작았다. 일곱 살 정도의 키와 몸무게로 보였다.

진솔이 다시 물었다.

"엄마 아빠는?"

"엄마와 아빠가 헤어진 후 아빠와 새엄마랑 살았어요. 근데 늘 배가 고팠어요."

접시꽃 할머니가 긴 숨을 뱉으며 눈을 감았다. 할머니의 눈꺼풀이 파르르 떨렸다.

"엄마가 나를 찾지 않는 거 보면 무슨 일이 있는 것 같아요."

접시꽃 할머니가 도하와 진솔을 향해 고개를 끄덕였다.

"졸려요."

달콩이는 눈꺼풀이 자꾸만 내려앉는지 두 눈을 힘겹게 껌벅였다. 달콩이의 낯빛이 잔디 광장에 들어섰을 때와는 사뭇 달라져 있다.

달콩이에게도 방이 생겼다. 진솔의 바로 옆방이다.

도하가 달콩이에게 방을 안내하고 내려왔다. 다들 카페에서 수암 아저씨가 내려 준 연꽃 차를 앞에 두고 있다.

"달콩이가 여기에 오게 된 건 제 엄마 때문이란다. 아마 엄마의 중단된 삶을 살아 내려고 온 것일 거야."

접시꽃 할머니가 차를 한 모금 물며 말했다.

"자, 우린 각자의 방으로 들어가면 될 터, 도하도 도하의 자리로 돌아가렴."

접시꽃 할머니는 다시 뒤란으로 향했고 수암 아저씨는 서가 정리를 마저 하려는 듯 책을 집어 들었다. 진솔과 선생님은 당장이라도 뭔가를 해야 한다며 2층 방으로 향했다. 그들은 먼발치서 손을 흔들 뿐 아무 말도 하지 않았다. 빈말로라도 도하에게 방으로 들어오라고 하지 않았다. 다들 짠 것처럼 매정하게 굴었다.

이 넓은 광장에 도하 혼자였다.

"도하야."

어, 진솔이 목소리다. 도하는 반가이 뒤돌아섰다. 진솔이 2층 창문으로 고개를 내밀고 손을 흔들었다. 지는 햇빛에 진솔의 눈에서 맑은 것이 반짝 하고 빛났다.

"나도, 너 보고 싶을 거야. 아주 많이."

진솔은 그 말을 하고 달아나듯 창문에서 사라졌다.

도하는 접시꽃 할머니가 앉았던 정원 한편에 팔베개를 하고 누웠다. 풀 냄새가 밴 축축한 저녁 바람이 코끝을 스쳤다. 종종 반딧불이 같은 노란불이 점점이 날아올라 하늘로 사라지곤 했다. 눈꼬리로 눈물이 비어져 나왔다. 뭐지? 무엇 때문이지? 혼자 남겨진 쓸쓸함 때문인가. 아니면 돌아가고 싶다는 간절함 때문인가.

저기에 또 하나의 하늘이 있다. 밤하늘에 별이 드문드문 떠 있고 구름 속에서 달이 얼굴을 내밀었다. 마음이 울적했던 이유가 아까부터 떠오른 그리운 얼굴들 때문일까. 그들의 얼굴을 하나하나 그려 보자 주체할 수 없을 만큼 눈물이 나왔다.

"도하야, 이제 그만 이리 나오렴."

할아버지 목소리가 들렸다. 도하는 작은 아이가 되어 잔디 광장을 뛰어 언덕을 미끄러져 내달렸다. 양쪽에 서 있는 큰키나무들을 빠른 속도로 지나쳐 대문까지 한달음에 다다랐다. 숨을 몰아쉬며 문밖으로 나서자 환한 길이 보였다. 도하는 빨려 들어가듯 빛 속으로 녹아들었다.

너무 눈이 부셔 눈을 뜰 수가 없다. 그 순간, 목이 탔다. 입 안의 침이 말라 혀가 말리는 것 같았다. 물 한 모금만 마실 수 있다면……, 더 바랄 게 없을 정도로 간절히 물이 먹고 싶었다.

당신 눈에도 내가 보이나요?

"어머, 얘가 왜 이리 눈물을 흘리지? 도하야, 정신이 드니? 눈 떠 봐, 제발."

"무, 물, 물."

"도하야, 도하야!"

엄마의 목소리가 들렸다. 동굴 속에서 부르는 것처럼 소리가 울렸다. 사모님 목소리 같기도, 주령 샘 목소리 같기도 했다.

사모님은 매일같이 병원을 찾았다. 도하 엄마가 더 이상 원망의 말을 할 수 없을 정도로 자주 찾아와 도하에게 간곡한 눈길을 주다 돌아가곤 했다. 주령도 틈나는 대로 찾아오는 바람에 간호사들이 도대체 엄마가 누구냐고 물어볼 정도였다.

도하가 눈을 떴을 때 도하의 팔다리를 주무르고 있던 사모님의 얼굴이 흐릿하게 보였다.

"어머, 어머, 도하야, 깨어난 거니? 내가 누군 줄 알겠어? 응?"

도하가 눈을 껌뻑이며 답했다.

"네. 물 좀 주세요."

물을 한 모금 입에 물자 살 것 같았다. 머리가 맑아지고 팔다리가 가벼워진 것도 같았다. 사모님이 간호사를 부르자, 의사가 오고 도하에게 이름이 뭐냐고 재차 물은 뒤 심박수를 체크하고 눈을 맞추며 이제 정신이 돌아온 것 같다고 했다.

"깨어나 줘서 고맙다."

"어떻게 된 건가요?"

"열흘이 넘었어, 네가 정신을 잃은 지."

정신을 잃었다고? 그렇다고 하기에는 틈새에서 지낸 시간이 너무나 생생했다. 밥상 선생님이 마지막 만찬처럼 차려 준 음식 냄새가 지금도 코끝에 맴돌았다.

사모님은 도하의 얼굴과 물기 묻은 입을 닦아 낸 뒤 뭔가를 찾느라 허둥댔다.

"전화기가 어디 있지? 너희 엄마가 너 깬 거 알면 얼마나 좋아하시겠니?"

"엄마는요?"

"할아버지 산소에 다녀온다고, 오늘이 기일인데 도하 너 돌아오게 해 달라고 빌 데는 거기밖에 없다며 가셨어."

아, 할아버지 기일이라고? 도하는 할아버지가 틈새에서 자신을 불러냈다는 생각이 들었다. 할아버지 목소리를 들은 기억이 났다.

"선생님이 이 말을 꼭 전해 달래요."

"무슨 소릴 하는 거니?"

사모님이 놀란 눈으로 도하의 얼굴을 바라보았다.

"선생님은 잘 지내고 계세요. 한 가지만 빼고요."

"무슨 말이야?"

사모님은 입을 두 손으로 가린 채 바들바들 떨었다. 못 믿겠다는 눈빛이었다.

"춥대요."

사모님의 눈에서 눈물이 툭 터졌다.

"그 말을 나보고 믿으라고?"

"믿고 안 믿고는 사모님 마음이지만요, 선생님은 사모님이 이 말을 들으면 무슨 말인지 금방 알아들을 거라고 하셨어요."

"어우, 저 말투까지. 진짜 뭘 본 거니? 아님 꿈을 꾼 거니?"

사모님은 눈물을 닦으며 울음 묻은 목소리로 물었다.

"틈새에 다녀왔어요."

"응? 뭐라고? 다시 한번 말해 줄래? 무슨 말인지 못 알아들었어."

"커튼 좀 젖혀 주시겠어요?"

도하는 창밖에 드넓게 펼쳐진 하늘을 올려다보며 말했다.

"선생님은 정말 잘 지내고 계세요."

"나를 지옥에 남겨 놓고 그 양반은 어떻게 그렇게 잘 지낸다니?"

"선생님도 처음부터 잘 지내진 못하셨어요. 시간이 어느 정도 지나서야 문안에 들어오실 수 있었으니까요."

"진짜 뭘 본 것처럼 말하는구나. 그런데 무슨 말인지 알아들을 수가 없구나."

설명할 수 없는 세계는 설명으로 알려 줄 수 없다. 그 세계를 직접 느끼기 전에는 도무지 받아들일 수 없을 테니까.

"컨디션은 어때? 낯빛이 나빠 보이지는 않는데."

"네, 괜찮습니다."

"괜찮다면 너에게 전할 말이 있다. 이 말을 전하지 못하게 될까 봐 얼마나 가슴을 졸였는지 몰라. 그래서 네가 하루빨리 깨어나길 빌고 또 빌었다."

"……."

"시훈이의 유서가 발견되었어."

"아……."

도하의 입에서 신음이 흘러나왔다.

틈새에 있는 사람들은 삶을 중단한 사람들의 버려진 시간을 이어서 쓰는 것이라고 했다. 그 이야기를 들은 후부터 시훈 선배의 죽음에 대해 선생님도 도하도 의문을 품었었다.

"설마, 알고 있었니?"

"아뇨, 선생님의 발이 가벼워진 게 그것이 밝혀진 순간이었는지도 모르겠네요."

사모님은 벌린 입을 더 크게 벌리며 말했다.

"도하야, 정말 선생님을 만난 거니?"

사모님의 눈빛 속에는 의심스러워하면서도 믿고 싶은 마음이 간절하게 담겨 있었다.

"시훈 엄마는 유서가 있다는 것을 알리지 않았으면 좋겠다고 하는데, 나는 그렇게 생각하지 않는다. 이기적일지도 모르겠지만 그래야 모든 것이 제자리로 돌아간다는 생각이 든다. 그렇게 한들 죽은 사람이 돌아오진 않겠지만."

"……."

"시훈이 네 생각은 어떠니?"

사모님은 아무렇지도 않게 도하를 시훈이라고 불렀다.

"……."

도하는 사모님의 얼굴을 바라보았다. 자신에게 시훈 선배와 동일시될 만한 부분이 있는 것일까.

"전 이도하입니다."

"어머, 어떡하면 좋아. 내가 제정신이 아닌 모양이다. 미안하다, 정말."

사모님은 두 손으로 입을 틀어막듯 가렸다.

도하는 자기가 만약 시훈 선배라면 어떤 것을 원할까 생각해 보았다. 유서를 썼다는 건 죽음의 이유를 밝힌 것이다. 그리고 남아 있는 자에게 있어서 끝없는 고통은 죽은 자가 죽은 이유를 모른다는 것이다. 죽음보다 실종이 지옥인 것처럼.

"유서가 있다는 건 자신이 왜 목숨을 버렸는지를 알리겠다는 거잖아요."

선생님의 명예 회복을 위해서라도 유서가 있다는 것이 밝혀져야 한다는 생각이 들었다. 사모님도 그런 차원에서 모든 것이 제자리로 돌아가게 될 거라고 한 것 같았다.

사모님은 아무 말을 붙이지 않고 고개를 끄덕이며 도하의 손을 잡았다. 선생님이 시훈 선배의 못다 한 시간을 이어서 쓰고 있다고 하면 사모님은 어떤 생각을 하게 될까.

도하가 퇴원 후 제일 먼저 하고 싶은 것은 틈새, 노닐다에 가는 것이었다. 하지만 아직은 혼자 있으면 안 된다며 엄마와 삼촌이 24시간 내내 붙어 있어서 도하는 영 자유롭지 못했다.

"야, 이도하, 삼촌은 네가 깨어나지 않은 상태로 저 땅을 생으로 묶어 놓을까 봐 무지 걱정했다."

삼촌의 속없는 솔직함에 웃음이 났다. 삼촌한테 고마운 건 지금처럼 자기 속마음을 숨기지 않는다는 거다.

"삼촌, 내가 만약 어떻게 되면 저 땅은 송두리째 엄마 아빠 거가 되는 거야. 알지?"

"하여간 너무 똑똑해. 아는 게 너무 많아."

삼촌은 머리를 흔들며 병실에서 바로 사라졌다.

엄마에게 할아버지 작업실에 가 보고 싶다고 하자, 엄마는 기다렸다는 듯이 그러자고 했다.

"네가 깨어난 게 아무래도 할아버지 덕분인 것 같아. 신기하게 그날이 할아버지 기일이기도 했고."

철문 앞은 그대로였다. 차 한 대 들어갈 정도의 반원 모양으로 된 낙엽 깔린 공터가 있고 그곳을 감싸며 성을 지키듯 큰키나무들이 빽빽했다.

"난 여기서부터 걸어갈게."

"그럴까? 할아버지도 항상 차는 아래 받쳐 두고 언덕길을 걸어 올라 오라고 했는데. 그래야만 햇살이 쏟아지는 장관을 볼 수 있다고 했거든."

엄마가 도하의 낯빛을 살피며 조심스럽게 말했다.

비탈길 양쪽에는 아름드리나무가 사열해 있다. 산벚나무, 느티나무, 굴참나무 잎사귀가 하늘을 뒤덮고 있다. 언덕길은 여전히 어둠침침했다. 오랫동안 오가지 않은 곳인데 잡풀 하나 나지 않았다. 갈색 융단처럼 낙엽만이 두텁게 깔려 있다. 낙엽 때문에 자꾸만 발이 밀렸다. 도하는 그 느낌에 너무나 생생한 기시감이 들었다.

잔디 광장으로 들어섰다. 햇살 세례는 변함 없었지만 정원에는 잡풀이 우거져 있다. 진솔과 보았던 꽃들도 없다. 틈새 건물은 방치된 지 오래된 흔적이 역력했다.

도하는 눈을 감고 진솔의 방이 있던 회랑을 머릿속에 그리며 여러 개의 작업실을 떠올렸다. 그대로 만들 수 있을 정도로 기억 속에 선명했다.

진솔이 2층에서 뛰어 내려올 것 같았다. 수암 아저씨가 카페에서 잠을 몰아 내며 걸어 나올 것 같았다. 밥상 선생님이 앞치마에 손을 닦으며 달려 나올 것 같았다. 접시꽃 할머니의 편안한 웃음과 달콩이의 맨발까지. 모든 것이 너무나 생생했다.

"이상하네."

엄마가 연회장의 긴 식탁 주변으로 다가서면서 혼잣말을 했다.

"도하야, 잠깐만 와 볼래? 음식 냄새가 난다. 그것도 방금 전에 요리를 마친 것처럼 너무 생생해. 갓 구운 빵 냄새 안 나니? 수프 냄새도."

도하는 연회장의 긴 식탁과 주방 사이에 섰다. 선생님이 오늘도 요리를 하는 모양이라고 생각했다. 침이 고였다. 웃음이 났다.

"뭐야, 그 웃음은? 이 근처에 베이커리 카페라도 생긴 건가?"

"엄마도 삼촌처럼 이곳을 팔고 싶어?"

순간 엄마의 눈빛이 흔들렸다.

"지난 기일에 할아버지 묘소 앞에서 약속한 게 있어. 도하 너만

무사히 돌아온다면 아버지가 원하는 대로 따르겠다고."

"그게 뭔데?"

"몰라, 나도. 이제부터 찾아봐야지. 그렇지만 아버지가 원하는 건 확실히 알아. 이 땅을 팔지 않는 것."

"그럼 이곳을 내가 써도 되는 거지?"

"네가 쓴다고? 어떻게? 친구들 데려와 도깨비 소굴로 만들어 놓으려고?"

"엄마, 지금 상태가 더 도깨비 소굴 같지 않아?"

"그래, 이대로 비워 놓는 것도 아닌 것 같아. 사람이 드나들지 않으면 건물은 금방 상하거든."

"엄마, 할아버지가 나한테 여기를 물려준 이유가 있지 않겠어? 할아버지는 보통 분이 아니잖아."

"그래, 맞아. 넌 할아버지 결을 가장 많이 닮았어. 네 할아버지도 생전에 너를 보는 눈빛이 네 삼촌과 나를 보는 눈빛하고는 영 달랐지. 근데 어떻게 쓰려고?"

"기대해도 될 거야. 내가 여기를 어떻게 쓸지. 대신 삼촌이나 잘 커버해 줘. 나 곤란하지 않게."

"삼촌도 마음을 접고 있는 중이야. 지난번에 너한테 땅을 팔자고 조를 때 여기에 같이 왔었거든. 중개업자 하는 말이 여기는 도깨비 터로 소문이 나 있기도 하고 저 고속도로 옆 야산까지 포함해 덩어리가 너무 커서 아무나 손대기 힘들 거라면서 당분간은 두라고 하더라고."

도하는 머릿속에 그림을 그리며 잔디 광장을 구석구석 밟고, 2층으로 된 건물을 올려다보기도 했다. 연회장에 있는 피아노 덮개를 들어 건반을 눌러 보았다. 조율한 지 얼마 안 된 거처럼 음색이 깨끗했다. 할아버지가 계실 때 이곳에서 열렸던 음악회가 떠올랐다. 피아노를 전공한 엄마가 말했다.

"신기하네, 이렇게 오랫동안 방치해 놨는데도 음률 하나 틀린 데가 없다."

"할아버지 계실 때 쓰던 악기들도 어디 있지 않아?"

"있지."

학기 초에 밴드 동아리를 만들고 싶다고 했던 아이들이 떠올랐다. 그 제안은 학교의 반대로 무산되었다. 악기 구입 예산도, 맡겠다고 나서는 선생님도 없다는 것이다. 학부모 운영 위원회에서도 밴드 동아리는 결사반대라고 민원을 제기했다. 독서 토론, 논술, 로봇, 과학, 수학 동아리면 모를까 입시에 보탬이 되지 않는 류의 것은 무조건 퇴출이었다. 가뜩이나 없는 시간을 쪼개어 입시에도 반영되지 않는 걸 할 필요가 있느냐는 것이다.

아이들도 보통 입시에 영향을 주지 않는 활동은 피하거나 포기하는데, 밴드 동아리를 결성하고 싶다는 아이들은 좀 달랐다. 몇몇이 몰려와 자율 동아리(학생이 조직원 구성부터 계획, 활동을 스스로 하는 동아리)로 해 보겠다며 박한상 선생님에게 지도 교사 요청

을 했다. 그 눈빛이 너무나 간절했다. 그 바람에 혜음과 함께 임시
모임을 한 적도 있다. '밴드 숨통'이라고 아이들이 동아리 이름을
소개했을 때, 도하는 그들의 갈급함을 느낄 수 있었다. 그 아이들
은 그야말로 비상구 같은 곳을 찾는 것 같았다. 살기 위해 스스로
길을 찾아가는 것이라며 도와 달라고 선생님을 설득하기도 했다.
선생님이 방법을 찾아보자고 한 뒤 얼마 안 돼 시훈 선배 일이 일
어났고, 뒤이어 선생님은 돌아가셨다.

창고 문을 열자 드럼과 기타가 보였다. 밴드 멤버들에게 아직
도 밴드를 할 의향이 있다면 연습실과 악기는 제공할 수 있다고
해 봐야겠다. 박한상 선생님이 계셨다면 어떻게든 그 아이들을
도와주려고 나섰을 것이다. 돌아가신 할아버지 또한 그런 모습을
꿈꾸며 틈새, 노닐다를 만드셨을 것이다.

할아버지가 살아 계실 때는 이곳에 언제나 음악이 흘렀다. 그
래서 도하는 제일 먼저 이곳에 음악이 흐르게 하고 싶었다. 그러
면 선율들이 건물 구석구석 생기를 불어넣어 주리란 생각이 들었
다. 할아버지가 이곳을 만든 이유와 도하에게 남겨 준 이유를 하
나씩 찾아가며 실현해 보면, 좀 더 분명한 답을 알 수 있게 될 것
이다.

밴드 동아리의 첫 번째 연주곡은 박한상 선생님을 위한 추모곡
이 될 것이다. 사모님, 주령 샘, 혜음 부원들과 함께 선생님 추모
식을 열 것이다. 혜음 부원들에게 편지를 써서 낭독하면 좋겠다

고 제안해 볼 것이다. 추모식은 선생님의 열정과 사랑을 기리고 선생님을 그리워하는 자리가 될 것이다. 선생님의 카운터기가 빠르게 움직이는 게 머릿속에 그려졌다. 동 시간대에 정신없이 움직일 카운터기를 상상하자 선생님의 당황하는 얼굴이 떠올라 도하는 저절로 웃음이 났다. 큰 눈은 더욱 커질 것이고 입을 함박만하게 벌리며 좋아할 것이다. 또 진솔은 그런 선생님의 카운터기를 얼마나 부러워하며 바라볼까.

도하가 여기에서 제일 먼저 해야 하는 건 떠난 사람을 추모하는 일이다. 못내 아쉬워서 차마 손을 놓을 수 없지만, 그럼에도 고이 보내 주기 위해 마음을 다해 그리워하는 일이다. 그들에게 그렇게나마 먼저 인사를 건네고 나서 이곳을 살아 있는 자들의 공간으로 사용해도 될 것 같았다.

대신 이곳을 공짜로 쓸 수는 없다. 밴드 숨통에 여기를 개방하는 조건은 딱 하나다. 정원 가꾸기를 함께하는 것. 노랑 접시꽃과 모란, 작약, 큰꽃으아리, 백화등, 해당화가 때맞춰 필 수 있도록 돌보는 것. 그거면 된다. 정원 가꾸기는 스쿨 팜 동아리 부원들에게도 요청을 할 것이다. 그들도 학교 안의 좁은 텃밭 상자보다는 햇살 가득한 이곳이 훨씬 마음에 들 테니까.

진솔 어머니와도 만나기로 했다. 같은 학원 친구라고 둘러대자, 지금 당장이라도 만나서 진솔의 얘기를 듣고 싶다고 했다. 진솔이 스스로 삶을 중단하지 않았다는 것만 알아도 진솔 어머니는 이유도 모른 채 딸의 죽음을 받아들여야 하는 지옥에서 벗어날 수 있을 것이다. 그리고 많은 사람이 진솔이 정말 좋은 곳으로 갈 수 있도록 빌고 또 빌어 주게 될 것이다. 그러면 진솔의 카운터기도 정신없이 넘어갈 것이다. 도하는 그곳에서 진솔이 못다 한 자신의 미래를 어떻게 꾸밀지 궁금했다.

주령은 시훈 엄마를 만난 뒤, 시훈이 남긴 유서가 있다는 것을 학교에 밝혔다. 곽 선생은 그전에 병가를 내고 학교에 나오지 않은 지 꽤 되었다.

"곽 선생님을 만나 보려고."

동아리 시간이 끝나자 주령 샘이 도하를 불러 말했다.

"사고였어요. 사고였을 거예요."

도하는 주령 샘의 말을 들으며 혼잣말처럼 작게 말했다. 밥상 선생님 말로는 사고라고 했다. 그렇지만 양심이 있다면 곽 선생님은 짐을 벗지 못할 거라고 했다. 도하는 사고였을 거라고 말을 흘리며 곽 선생님을 두둔하는 것처럼 말했지만, 그렇다고 해서 곽 선생님을 용서한 것은 아니었다. 틈새, 노닐다의 전령사로서 제 역할을 하는 것뿐이다.

"응? 뭐라고? 사고라고 했니? 나도 그렇게 믿고 싶다."

주령 샘이 반색하며 말했다.

"곽 선생님, 시훈 선배 유서가 발견된 것은 알고 있나요?"

"흘러 흘러 곽 선생님 귀에도 들어가지 않았을까? 그래서 만나 보려고. 짐을 지고 힘겨워하고 있다면 짐을 조금이라도 내려놓게 해 주는 게 맞다는 생각이 들어서."

"그럼 박 선생님에 대한 짐은요? 그건 누가 내려 줄 수 있는 건데요? 그럴 자격이 누구에게 있는 건가요?"

주령 샘이 책상 위를 정리하던 손길을 멈추었다. 그러고는 시선을 한곳에 붙박은 채 한참 동안 움직이지 않았다.

"자격? 굳이 자격을 따지자면 감히 누가 그걸 판단할 수 있을까."

도하는 사고라고, 사고였을 거라고 말하면서도 그날 곽 선생님이 박 선생님을 찾아가지 않았다면, 스스로 그만두는 형태로 물러나는 게 좋은 그림이지 않겠냐고 말하지만 않았다면, 함께 산길을 오르지 않았다면, 큰소리치며 다투지 않았다면, 전날 비가 오지 않았다면…… 그중 한 가지만 일어나지 않았어도 박 선생님은 살아 계실지도 모른다는 생각이 들었다. 그러자 목울대가 뻣뻣하게 일어설 정도로 울음이 올라왔다. 그걸 애써 삼키느라 목이 아팠다. 선생님이 몹시 그리웠다.

주령 샘은 붉어진 도하의 눈시울을 살피며 말했다.

"악을 악으로 갚는 건 바보 같은 사람이나 하는 짓이야. 그건 서로 망가지는 거라고 생각해."

"잘 모르겠어요."

도하는 가라앉은 목소리로 말하며 창밖으로 시선을 돌렸다. 하늘은 무심하게도 너무나 청명했다. 목화송이 같은 구름과 잎사귀를 쓸고 가는 바람 속에는 벌써 가을이 들어 있는 것 같았다.

"같이 가지 않을래?"

"저요? 전 아직 정리가 안 됐어요. 선생님처럼 쉽지가 않네요."

"나라고 쉬웠을 것 같니? 그렇지 않았어. 나도 용기가 필요했어. 그치만 이대로 그냥 갔다가는 언젠가는 후회할 것 같아서 그래. 우리가 맥없이 박 선생님을 놓쳐 버린 것처럼, 또 다른 누군가를 놓칠 수도 있다는 생각이 들어서 무섭더라."

주령은 그 말을 마치고 돌아서 창밖을 보았다.

"……."

"곽 선생님께 만나자고 전화했을 때, 선뜻 대답을 안 하실 줄 알았어. 뜻밖이었지. 이제껏 곽 선생님께 연락한 사람이 없는 것 같았어. 그래서 곽 선생님도 생각이 많아졌을 거야."

주령은 그 말끝에 이렇게 덧붙였다.

"그 사람이 어떻게 살아왔는지는 그 사람이 위기에 처했을 때가장 쉽게 드러나기도 해. 저렇게 두문불출하고 있는데 손잡아 주는 사람이 한 명도 없다는 건, 그간 자신이 어떻게 살았는지 여실히 보여 주는 것 아니겠니? 사람은 도구가 아니야. 필요에 따라 쓰고 버리고 그러는 게 아니라고."

"그런 걸, 곽 선생님이 생각할까요?"

"모르겠다, 그럴지 어떨지는. 그렇다고 나도 그와 똑같은 사람이 되고 싶지는 않다."

도하는 주령 샘의 마지막 말에 가슴이 움찔했다.

"그래도 도하 네가 병원에 있을 때 매일같이 경과를 물어 왔어."

"뜻밖이네요."

"난 거기서 작은 희망을 봤는지도 몰라."

도하는 주령 샘과 함께 카페로 들어섰다. 저 멀리, 어두운 얼굴로 앉아 있는 곽 선생님이 보였다. 곽 선생님은 도하를 보자 당황한 듯 벌떡 일어섰다.

"너와 같이 간다는 말씀은 안 드렸거든."

주령 샘이 도하에게 속삭이듯 말했다. 곽 선생님의 반응에 도하도 당황스러웠다. 곽 선생님은 고개를 숙인 채 두 사람을 지나 출구 쪽으로 향했다. 차마 마주할 수 없는 얼굴을 본 것처럼 눈길 한 번 주지 않았다. 도하는 그런 곽 선생님의 등을 보며 혼란스러웠다. 선생님이 마치 도망가는 것처럼 보이는 것이 선생으로서, 어른으로서 느끼는 부끄러움 때문인지, 아니면 자신의 망가진 체면 때문인지 알 수가 없었다.

주령은 카페 문을 밀고 나서는 곽 선생의 등에 대고 말했다.

"시훈이 왜 스스로 그런 선택을 했는지 우리가 알아내야 하는 거 아닌가요? 그래서 그런 일이 다시 없도록 하는 게 우리가 해야 할 일 아닐까요? 선생님은 박 선생님의 못다 한 시간까지 살아 내 셔야 해요. 미안하다면서요, 진짜 미안하면 그렇게 하셔야 하는 거 아닌가요?"

곽 선생은 멈춰선 채 주령의 말을 듣고 있다. 주령의 말이 무수한 화살이 되어 곽 선생의 등에 꽂히는 것 같았다.

곽 선생님의 표정이 어떤지는 보이지 않았다. 그렇지만 고개를 숙인 구부정한 등을 통해 도하는 많은 것을 읽어 낼 수 있었다.

주령 샘과 함께 수암 서점에 가는 날이다. 수암 서점에 관한 이야기는 이미 많은 사람이 알고 있다. 아저씨는 이야기가 되었다. 책과 함께 묻힌 사내로. 주령 샘도 기사를 본 적이 있다고 했다. 자세한 것은 기억나지 않지만, 좋아하는 일이 자신의 무덤이 되는 경우가 있다는 것을 보며 생의 아이러니를 생각했다고 했다.

수암 서점은 정말 서점이 있던 곳이 맞을까 싶을 정도로 깊은 곳에 있었다. 고개를 몇 구비 넘고 물길을 여러 차례 넘어 작은 시골 마을을 지나 그 마을의 뒷산을 넘고 또 넘어서야 나타났다.

서점이 있던 언덕에는 책 한 권 남아 있지 않았다. 대신 책 모양의 돌 조각이 비석처럼 세워져 있다. 그 아래 수암 서점의 내력이 쓰여 있다. 수암골에서의 긴 시간과 이 골짜기에서의 짧은 시간, 서점은 수해로 사라지고 아저씨는 책 아래 묻혀 돌아가셨다는 내

용이었다. 아저씨가 책에 쏟은 애정과 세상에 베푼 친절을 생각하며 이 비석을 세운다고 쓰여 있었다.

물길과 떨어진 양지바른 곳에 아저씨의 무덤이 있다. 무덤 앞 유리 상자 안에는 방명록이 있었는데, 그간 이곳을 다녀간 사람이 꽤 되었다. 방명록에는 아저씨의 명복을 비는 글귀로 가득했다. 아저씨의 카운터기는 벌써 제로가 되었을 것이다.

돌아가는 길, 골짜기를 나와 산을 넘고 다리를 건너 다시 산을 넘어 작은 시골 마을을 지날 때 도하는 언덕에 있는 작은 학교를 보게 되었다. 벽면에 빨강, 주황, 노랑 등을 칠해 놓아 멀리서도 눈에 띄었다. 학교는 포장해 놓은 선물 상자처럼 흑백의 시골 마을에서 유난히 도드라졌다. 칙칙한 시골 마을에서 산뜻한 몬드리안의 작품을 보는 듯한 느낌이라고 할까.

"저기 학교죠?"

도하가 차창 밖을 가리키며 물었다.

"어머, 예쁘기도 해라. 이 작은 마을에 학교가 있었구나. 다리가 생기기 전에 이곳은 섬이었을 텐데. 가 보자."

교정의 향나무 우듬지는 불꽃처럼 하늘로 타오르고 그 아래 석고로 된 책 읽는 소녀상은 예전처럼 하얗게 웃고 있다. 책을 옆구리에 끼고 팔을 뻗어 올린 청동으로 된 소년상의 기개도 여전해 보였다. 폐교된 지 한참 된 것 같은데 색을 새로 칠해 놓은 것이 의아했다.

어디선가 향긋한 냄새가 바람에 실려 왔다. 냄새는 무엇보다 빠르게 도하의 기억을 소환했다. 까만 어둠을 지나 틈새, 노닐다에 발을 들였을 때 맡은 향내와 같았다. 도하는 향기를 찾아 발길을 옮겼다. 학교 뒤편 작은 돌담 위에 백화등이 하얗게 피어 있다. 뒤란에는 백화등 향이 그윽했다. 도하는 그제야 알아보았다. 여기가 또 하나의 틈새, 노닐다라는 것을.

삭을 대로 삭은 태극기가 찢겨 나간 채 공중에 나부꼈다. 화단의 사철나무는 전지되어 가꾼 것 같으나 뜨락의 풀은 우북하니 인적이 없다. 복도로 들어서기 위해 목문을 열자 천장에서 지네한 마리가 툭, 떨어졌다. 등껍질이 반들반들거리는 까맣고 긴 지네가 유유히 어둠 속으로 몸을 숨겼다. 도하는 멈칫거리다가 교실에 발을 들이지 못하고 돌아섰다. 그 안으로 들어가면 또 다른 인연의 갈피가 복잡하게 얽힐 것만 같아서였다.

대신 도하는 창문을 통해 교실 안을 들여다보았다. 의자 등받이에는 살구색 후드 티가 걸쳐져 있고 책상 위에는 일을 하다 황급히 나간 것처럼 펜 몇 개가 뒹굴었다. 한쪽에는 가위와 자, 풀같은 문구류가 통에 꽂혀 있다. 교사 책상 위에는 바른 생활 책이 표지가 보이게 펼쳐진 채 엎어져 있다. 키 작은 풍금이 교단 옆에 있고, 듬성듬성 비어 있는 책장이 벽면을 차지하고 있다.

밖으로 나온 도하가 운동장에 서서 학교 건물을 꼼꼼히 뜯어볼 때였다. 까만 정장을 차려입은 남자가 교구를 들고 처마 밑 복도를 따라 걷다가 도하와 눈이 마주쳤다. 수업 시작종을 듣고 막 교실로 이동하는 전형적인 선생님의 모습이었다. 그의 얼굴에서는 빛이 났다. 아주 정중하면서도 선량한 눈빛이 흘렀다. 도하와 눈이 마주치자 그는 좀 놀란 눈치로 그 자리에 멈춰 서서 낯선 방문자를 바라보았다.

주령은 학교 주변의 산세와 풍광을 둘러보며 말했다.

"학교가 아담하니 너무 예쁘다. 도하야, 이리 와 봐."

그러고는 먼 곳을 가리키며 다시 말했다.

"어머, 저거 바다 맞지? 여기서 바다가 보이다니."

주령의 손가락 끝에 거짓말처럼 수평선이 보였다. 산과 산 사이로 물빛이 반짝거렸다.

주령은 이런 데 별장 짓고 살면 딱 좋겠다는 말을 늘어놓으며 비워 둔 지 이렇게 오래되었는데 건물도 운동장의 나무도 깨끗하게 정리되어 있는 게 신기하다고 말했다. 여기저기 둘러보면서도 주령은 남자를 발견하지 못했다. 주령의 눈에는 보이지 않는 게 확실했다.

남자가 계단을 내려와서 도하 곁으로 다가왔다. 부드러운 미소를 머금은 채.

"당신 눈에는 내가 보이나요?"

남자가 낮고 부드러운 목소리로 물었다. 도하는 가벼운 목 인사로 답했다.

"나를 알아보는 사람을 본 건 처음입니다. 내 눈에도 당신의 또 다른 모습이 보이네요. 나와 같은 문지기라는 것이요."

아, 문지기……. 그 얘기를 여기서 듣다니.

"문지기요? 그게 무슨 뜻인가요?"

접시꽃 할머니한테서 자신이 문지기라는 말을 들은 기억이 났다. 그때 물어보고 싶었는데 하나같이 도하에게 원래 자리로 돌아가야 한다며 등을 떠미는 바람에 허둥지둥 쫓기듯 나오느라 잊고 있었다.

그는 입가에 웃음을 띠며 그저 그윽한 눈길로 도하를 바라보기만 했다.

"도하야, 뭘 그렇게 혼자 중얼거려? 뭐라고 했니?"

주령 샘이 건물 뒤쪽에서 소리쳤다.

"아, 아니에요!"

도하는 주령 샘이 있는 쪽으로 소리를 치면서도 그에게서 눈을 떼지 못했다. 그는 대답은 하지 않고 빙그레 웃으며 주령 샘이 있는 쪽으로 가 보라는 듯 몸을 비켜섰다.

"도하야, 이리 와 봐!"

주령 샘이 상기된 목소리로 다시 소리쳤다. 그는 어서 가 보라는 듯 손을 내밀어 방향을 알려 주었다. 그런 뒤 교실 쪽으로 발길을 옮겼다. 그의 뒷모습은 아주 곧고 평온해 보였다.

주령은 학교 건물 옆 작은 화단 앞에 있었다. 오래된 향나무 아래였다. 사방으로 퍼진 가지 끝에는 향나무 잎이 브로콜리 모양처럼 부풀어 올라 있어 마치 풍선을 매단 것처럼 보였다. 그 아래 동판으로 된 작은 안내판이 있다. 주령은 그 동판에서 눈을 떼지 못했다.

"이것 좀 봐."

이곳은 사리 때 거센 물살을 헤치고 학교에 가기 위해 목숨을 걸던 후배들을 생각한 고향 선배 ○○가 교육 기부로 지은 곳이다. 이곳이, 넓은 세상으로 가기 위한 꿈의 다리가 되기를 바라는 마음으로 지었다.

동판에는 도하가 방금 전에 본 남자의 얼굴이 새겨져 있었고, 그 아래에는 생몰 연대가 적혀 있었다.

(1934~1973)

그의 나이 서른아홉이었다.
생몰 연대 아래에 새겨진 글자가 도하의 눈에 너무나 선명하게 들어왔다.

—이곳의 영원한 문지기, 고이 잠들다—

사내는 이곳을 지키는 문지기였다. 어쩌면 틈새, 노닐다에 있을 때의 도하처럼 그도 이곳에 방이 없을지도 모른다. 카운터기는 더더욱 없을지도 모른다. 문지기가 된다는 것은 얼마나 특별한 생을 살아야 가능한 것일까.

"나와 나이가 같다, 서른아홉."

주령 샘이 숙연해진 목소리로 말했다.

"선생님, 서른이 넘으셨어요?"

"하하하."

주령 샘이 하늘을 보며 웃었다.

"벌써부터 사회생활 하는 거니?"

"농담 아니에요. 선생님들 나이 진짜 모르겠어요."

"만약 저 사람이 더 살았다면 어떤 생을 펼쳤을까? 아깝다, 그치?"

아깝다, 라는 주령 샘의 말에서 반짝 하고 빛이 나는 것 같았다. 도하는 그 말에 심장이 사납게 쿵쾅거렸다. 주령 샘은 먼 데 시선을 주며 그가 더 펼쳐 갔을 인생을 그려 보는 것 같았다.

도하는 학교를 걸어 나오며 뒤를 돌아보았다. 남자가 중앙 현관에서 손님을 배웅하듯 도하와 주령을 바라보고 서 있다. 양손을 가지런히 모은 채 정중하게. 도하를 따라나서는 그의 눈빛 속에는 하루라도 더 살고 싶었다는 생에 대한 간절함이 보였다.

도하는 자신에게 사물을 보는 새로운 눈이 생겼다는 것을 알았다. 고개를 들어 하늘을 올려다보았다. 그리고 보이지 않는 것들을 헤아리며 그들의 안부를 물었다.

청명한 하늘에 한 줄기 바람이 금을 긋듯 길을 내는 게 보였다.

작가의 말

『시간을 파는 상점』이 출간된 지 10여 년의 시간이 지났고, 2편 『너를 위한 시간』이 나온 지도 벌써 4년여의 시간이 지나고 있다. 그간 이 책들이 준 기쁨의 순간이 적지 않았다. 독자들께 감사한 마음 가득이다.

나는 여전히 시간에 대해 질문하고 있다. 아마 죽을 때까지 시간에 대한 질문을 놓지 못할 것이다. 본래 없는 것인데 없는 것을 두고 무엇이냐고 묻는 것만큼 답을 찾을 수 있는 것도 없을 것이다. 애초에 답이 있는 것이었다면 오랫동안 질문하지도, 찾지도 않았을 것이다. 살면서 나름의 답을 찾아가는 과정이 곧 답이라는 것이 여전히 여기에서 손을 놓지 못하는 이유일 것이다. 무한한 시간의 우주에 대해 이토록 오랫동안 질문하게 된 것도 어쩌면 행운일지 모르겠다. 그만큼 매력적이며 그만큼 우리 안에 깊이 들어와 있는 문제이며, 평생 동안 답을 찾아도 될 만한 가치가 있기 때문이다.

몇 년 전에 중학교에서 강연을 한 적이 있다. 질의응답 시간에 들릴 듯 말 듯 한 목소리로 한 여학생이 물었다.

"작가님이 시간에 대해 생각하게 된 것은 청소년들의 죽음 때문이며, 그 친구들이 버리고 간 시간이 너무나 아까워서 이 소설을 쓰게 되었다고 하셨잖아요. 그러면 그 친구들이 버리고 간 시간은 어떻게 되는 걸까요?"

그 말을 듣는 순간, 가슴이 사정없이 두근거렸다. 숨을 반 박자 고르고 뛰는 심장을 누르며 그 친구의 눈을 마주 보았다. 강연 중에 한 말을 흘려듣지 않고 마음을 다해 생각한 흔적이 눈빛 속에 역력했다. 너무나 반가웠다. 아니, 기뻤다. 더욱 놀라운 것은 내가 몇 년에 걸쳐 다다른 질문을 그 친구는 한순간에 하게 되었다는 것이다. 반가움을 넘어 놀라웠다. 어린 나이에 보기 쉽지 않은 통찰력을 갖고 있다는 느낌이 들었다. 그날, 한참 동안 그 친구와 마주 보며 얘기를 나누었다. 같은 생각에 사로잡힌 사람을 만나기란 쉽지 않다는 것을 알기에 더욱 귀한 시간이었다.

'삶을 중단한 친구들이 버리고 간 시간은 어떻게 되는 것일까'라는 어린 친구의 질문에, 몇 년 동안 생각에만 머무르던 것을 이제 글로 써도 된다는 신호를 받은 느낌이었다.

3편 『시계 밖의 정원』은 그렇게 시작되었다. 누군가가 버리고 간 시간을 다른 이가 이어 쓰며, 그 시간이 축적되는 것을 시각화하는 이야기를 하고 싶었다.

삶의 굽이굽이를 돌 때마다 나는 시간에 대한 또 다른 질문을 하게 될 것이다. 어느 때 어느 모퉁이에서 어떤 것을 찾아낼지 모르지만, 내가 걸어가는 걸음걸음에서 나올 것임은 분명하다. 그때는 또 어떤 시간의 갈피를 내놓으며 무엇을 만나게 될지 자못 궁금하다.

이 책이 나오기까지 애써 준 자음과모음 식구들께 감사함을 전한다.

초고를 쓰는 동안 따뜻한 방을 내어 준 진도 '시에그린문학의 집'에 감사하다. 그때 나를 품어 준 진도의 하늘과 바람과 바다가 준 힘으로 한 해를 살았다. 한 달 동안 쌀알 쏟아지는 웃음소리로 진도의 밥상을 마주했던 동무에게 이 책으로 안부를 전한다.

2023년 가을 초입

김선영

시간을 파는 상점 3
시계 밖의 정원

© 김선영, 2023

판 1쇄 발행일 | 2023년 10월 31일
초판 3쇄 발행일 | 2024년 5월 13일

지은이 | 김선영
펴낸이 | 정은영
편   집 | 전유진 최찬미
디자인 | 박정은
마케팅 | 최금순 이언영 연병선 윤선애 이유빈 최문실
제   작 | 홍동근

펴낸곳 | (주)자음과모음
출판등록 | 2001년 11월 28일 제2001-000259호
주   소 | 10881 경기도 파주시 회동길 325-20
전   화 | 편집부 (02)324-2347, 경영지원부 (02)325-6047
팩   스 | 편집부 (02)324-2348, 경영지원부 (02)2648-1311
이메일 | jamoteen@jamobook.com
블로그 | blog.naver.com/jamogenius

ISBN 978-89-544-4966-3 (43810)

잘못된 책은 교환해 드립니다.
저자와의 협의하에 인지는 붙이지 않습니다.